小学館文庫

かすがい食堂

伽古屋圭市

小学館

かすがい食堂　目次

かすがい食堂

第一話　その名も『かすがい食堂』

　目の前を歩いているのは俳優の南田真太（みなみだしんた）だ。

　活動の主軸は舞台となる俳優で、お世辞にも全国区の有名人とはいえない。それでも生で見る南田は宣材写真より百倍イケメンで、濃いめの顔が好みのど真ん中だった。美男美女揃（ぞろ）いの芸能人にはそれなりに慣れた身であっても久しぶりにどぎまぎしてしまう。

「そういえば春日井（かすがい）さんって――」南田が狭い山道を歩きながら振り返った。笑顔がすてきすぎる。「実家が駄菓子屋さんって本当ですか」

「あ、いえ……はぁ……実家じゃ……はぁ、はぁ……ないです……」

　わたしの息が荒いのはイケメンに発情しているからではなく、いやそれも少しはあったかもしれないけれど、撮影機材など三十キロを超える大荷物を背負っての登山だからだ。

「母方の……はぁ……祖母が、やってまぐぁ――」

瞬間、景色がひっくり返った。

いや、ひっくり返ったのはわたしのほうだ。

景色が回りつづけ、体が重力に翻弄される。

春日井さん！　春日井！　楓子（ふうこ）さん！　春日井さん！　あのバカ！

さまざまな叫び声が降りかかり、そして遠のいていく。

「おばちゃん！　おばちゃん！」

うららかな春の陽気にうつらうつらと落ちかけた意識が幼い声に引き戻され、脊髄反射で「誰がおばちゃんやねん」と東京生まれ東京育ちのくせになぜか関西弁で思う。けれど目の前にひろがる光景を見て「あ、いや、おばちゃんだったな」と思い出した。

これ、と四角い餅飴（もちあめ）が並ぶ駄菓子を子どもが突き出している。五十円玉を受け取り、定番のセリフ。

「はい、おつり二十万円」

「きゃはは、変なのー」

下町の生意気なガ――子どもはけらけらと笑う。ちょろいもんだ。

小学校の下校時刻を迎え、わらわらと店に子どもたちが押し寄せてくる。

「うぜーわー、あの先公ありえねーから」「ちょ、おまえ、早く言えよ」「瑠璃ちゃん告白したらしいよ」「マジで！」「違うって、ケイジマンの力の源は怒りなんだよ」「うちのおかんがさ、どうも本気でデルゾウのこと気に入ったみたいで」「一口だけ、先っぽだけでいいから！」

大してお金も使わず延々と友達とだべっている。

会話の内容には「いまどきだなー」と思う部分もあるけれど、やっぱり「昔から変わらないな」という気持ちのほうが強い。そもそもこの仕事をはじめるまで、いままでもこれほど町の駄菓子屋が賑わっているとは思っていなかった。

祖母がこの店をはじめた六十年前から、駄菓子屋の光景も、持つ意味も、子どもたちの本質もきっとなにひとつ変わっていないのだろうなと思う。

変わったのは服装と、周りの風景と、大人たちだ。

「おばちゃんおばちゃん、くじガム、一回」

「あいよ」

とお金を受け取る。玉出しガムと呼ばれるもので、箱のボタンを押してガムを出し、当たりの色が出ればさらに駄菓子が貰(もら)えるくじの一種だ。これも昔から変わっていない。

「リクくん残念。ハズレねー」

「ちぇー」

ふて腐れた顔でガムを口に放り込み、けれど次の瞬間にはけろっとして友達との会話に戻っている。これもまた昔と変わらない光景だろう。

三年間働いた映像制作会社を辞め、八十歳になる祖母がやっていた『駄菓子屋かすがい』を継いで一ヵ月。

二十五歳でおばちゃんと呼ばれることにも慣れて……うん、慣れてきたし、子どものあしらい方も摑(つか)んできたと思う。

やがて子どもたちはひとりふたりと減っていき、伸びた影が淡くなるころにはあれほど騒がしかった店内も静かになった。

細長い空間に所狭しと商品が並ぶ店内はけっして広いとはいえない。それでも子どもたちがいなくなれば、とたんに茫漠(ぼうばく)とした空虚さを感じる。

「そろそろ終わりかなー」

　誰もいない店内で、わたしはひとり伸びをした。いちおう閉店は夕方の六時半だけれど、けっこう適当だ。

　五月下旬、ようやく空は赤みを帯びはじめ、飴色の陽光が店内にも差し込んでいた。棚などの什器はすべて木製なので店のなかは焦げ茶色が支配している。そのなかに並ぶ色とりどりの商品を、夕刻のやわらかな光が包んでいた。

　気怠さとノスタルジーがいい塩梅で混じり合う夕刻の駄菓子屋は、意外と絵になる光景だと個人的には思っている。にしても、こんな時刻に仕事を終えるなんて一年前には考えられないことだった。

　代わりに儲からないけどね、と苦笑し、でも前の仕事も超過重労働のくせにふざけた給料だったたな、と苦虫を噛み潰す。華やかさがなかったわけではないけれど、その代償はあまりに大きすぎた。体に染み込んだ三年ぶんの疲労と膿を出しきるには、これくらいの気怠さがちょうどいい。

　店の三和土に、すっ、と影が差した。ひとりの少年が戸口に立っている。

「いらっしゃーい」

　暇なときだけ口にするセリフを投げやりに告げる。やる気がないわけではない。居酒屋よろしく元気いっぱい「らっしゃっせー！」と言うのは駄菓子屋には似つかわしくないだろうし客もびっくりするだろうという配慮だ。

　戸口の人影を見て、下町セレブか、とわたしは心のなかで独りごちた。

　勝手に名づけた彼の愛称だ。友人同士で来る馴染みの子、あるいは人なつこくしゃべりかけてくる子以外は、顔は覚えても名前まではわからない子も多い。

　おそらく小三か小四で、九歳くらい。夕刻に必ずひとりでやってくるうえ、構わないでオーラを出しているので話しかけるのもためらわれる。

　彼は無表情のまま儀式のように店内を一巡する。儀式のように、と表現したのは彼の買う商品がいつもほとんど変わらないからだ。お菓子ばかりをきっちり三百円ぶん。

　大人の客はともかく、子どもが一気に三百円も使うのは珍しい。とはいえしょせんは駄菓子だし、三百円は大金ではない。服装もほかの子と同じ、よくも悪くも下町の少年といった感じだ。それでつけた愛称が〝下町セレブ〟だった。

　彼を初めて見かけたのは半月ほど前、五月の大型連休が終わったころだった。祖母に確認したところ、そのような少年の客は記憶にないとのことだったので、そのときが初めての来店だったと思われる。以来、店が休みの日を除いて、二日か三日にいちどのペースで訪れていた。今日で四回目か五回目になるだろうか。

子どもが使うのは珍しい、まとめ買いのための小さなカゴが目の前に置かれる。念のため確かめるも、やっぱり今日もきっちり三百円だ。

「いつもありがとね」

返事はなく、すでに帳場の上に置かれていたお金を受け取る。

彼のことはずっと気になっていた。

夕刻にひとり、毎回三百円のお菓子を買う少年。

自分のお小遣いではないだろう。この歳では多すぎるので、お金は親から出ているはずだ。仮に毎回三百円ものお菓子を買い与えているとしたら、かなり奇妙な話だった。少しばかり贅沢にすぎる。

おのずとひとつの危惧が思い浮かんだ。

「あのさ――」

商品を紙袋へと入れながら初めて声をかける。気づいてしまった以上、静観するのは倫理的に許されない気がした。

「これってもしかして、きみの晩ごはんだったりしない？」

お菓子が詰まった紙袋を人質のように掲げながら、少年の目をまっすぐに見つめた。

夕食代として彼は、親から毎日三百円を受け取っているのではないかと推測した。食事代と考えれば三百円は不自然な額ではない。むしろ少ないくらいだ。親もまさかそのお金でお菓子を買っているとは気づいていないのだろう。

はたして、少年は警戒するようにわずかに身を引きつつも、小さな声で「うん、そうだけど」と答えた。

ため息を必死にこらえる。

なにをどう伝えればいいかわからなかったけれど、叱りつけるような口調にならないよう気をつけつつ、諭すように語りかけた。

「駄菓子屋のわたしが言うのもなんだけど、お菓子を晩ごはんにするのはよくないと思うよ。お母さんかお父さんか、も、お菓子代としてお金を渡しているわけじゃないはずだし」

ところが彼は、ううん、と首を左右に振った。

「お母さんも知ってる。べつにお菓子でもいいって言ってる」

はあ⁉

親公認で、夕飯がお菓子、だと？

わたしはあんぐりと口を開けた。こんなにあんぐりしたのは人生で初じゃないかと思える。それはあまりにもひどいというか、一種の育児放棄ではないのか。

「あ、あのさ、もういちど聞くけど、お母さんは認めてるんだね。きみがお菓子を晩ごはんにしていることを」

「うん」

「お父さんは？」

「いない」

　昔からずっと母子のふたり暮らしだという。うちでお菓子を買わないときはスーパーやコンビニなどで、やっぱりお菓子を三百円ぶん買っていることもわかった。

　変なことをしているという意識すらないのか、少年は素直に語ってくれた。そのことが逆に痛々しく思える。もちろん彼は悪くない。

「よければ名前を教えてくれないかな」

「かける」

　翔琉、と書くらしい。小学四年生の九歳で、同級生に比べると線が細く、血色もよくないように思える。けっして色眼鏡ではないはずだ。この仕事をはじめて、各学年の標準的な体格というのはわかるようになっていた。

「ありがとう、翔琉くん。あのさ、お母さんがいいと言ったとしても、やっぱり晩ごはんでお菓子を食べるのはダメだと思うの。ちゃんと……はしてないかもしれないけど、せめてお弁当とかおにぎりとか、そういうものを食べるべきだと思う」

「なんで?」

純粋な疑問として問いかけられているのは声音でわかった。

「なんで、って。わたしも詳しいわけじゃないけど、人間が生きていくためには栄養が必要なの。だから食事はすごく大事で、お菓子じゃその大事な栄養を摂ることができないの」

「でも、べつに問題ない。お昼はちゃんと、給食食べてるし」

「そう、かもしれないけど——」

頭を抱える。同時に心の片隅では、いままでまるで食に向き合ってこなかった自分がなにを偉そうに説教しているんだと失笑している。

大学生になったころから会社員時代までずっと、食事はもっぱら外食かコンビニ弁当ばかり。つくれる料理なんてパスタか袋ラーメンくらいだ。退職して実家に戻ってきて、駄菓子屋かすがいで働きはじめたいまでも料理は祖母に頼りきり。そんな自分がなにを語れるのか。

でも……だがしかし!

「やっぱり駄菓子はダメだって。体にいいわけないって。じゃあ、こうしよう。その三百円で、おば……お姉さんが食事をつくってあげる！」

ほっとけなかった。首を突っ込むことではないのかもしれないけれど、見ず知らずの他人の子だと見捨てることはできなかった。

「へ？　なんで？」

「なんでって……じつは、この駄菓子屋は食堂もやってるんだよね。その名も『かすがい食堂』！」

そんなわけない。口から出任せだ。

「へえ、そうなんだ」

「うん、そうなんだ。ずっと休んでたんだけど、翔琉くんのために再開しようと思う」

「でもいらない」

なんで！

「三百円で栄養たっぷりのおいしい料理が食べられるんだよ。据え膳――」いや、子ども相手にこのことわざは品がないな。「このチャンスを逃す手はないでしょ」

「ぼくはお菓子でいいし」

「とりあえず一回、一回だけ食べてみよ。ねっ。話はそれからだ」

なんでわたしはこんなに必死になっているんだ。

翔琉は渋々うなずいた。

準備もあるし、かすがい食堂の実施は明日ということになった。

三百円のお菓子を持って店をあとにする少年の背中を見つめながら、「よっしゃ、いっちょやったるで！」とこぶしを固める。関西弁であることに意味はない。


「ほ、いうふぁへへさ」

「行儀が悪い。ちゃんと呑(の)み込んでからしゃべりな」

「ふぁい。……と、いうわけでさ、翔琉くんに料理をつくってあげることになったんだ」

「楓子がかい？」

「うん。翔琉くんが是が非でもお姉さんの料理が食べたいって言うからさ」言ってない。「そこまで言われちゃ、ね」だから言われてない。

「あんたにできるのかい、料理なんて」

「わかんない。けどわたしもさ、いいかげん料理のひとつも覚えなきゃと思ってたし、ちょうどいい機会かなと」

　これは本音だった。少年を実験台にするのは気が引けるけど、安価に食事を提供するのだからそれくらいの思惑はあっても罰は当たるまい。

　祖母が怪訝そうに眉根を寄せる。

「あんた、変なもの食べたんじゃないだろね」

「失敬な」

　その日の夕食の席である。ともに食卓を囲むのは駄菓子屋かすがいの先代、祖母の春日井朝日だ。母方の祖母なのに同じ春日井姓であるのに大した理由はなく、たんに両親が結婚時、春日井姓を選択したというだけだ。父の旧姓は鈴木で、春日井のほうがかっこいいから、という理由だったそうだ。

　夫婦でグラフィックデザインの会社を経営している両親との仲は悪くない。のだけれど、ふたりともとにかく仕事好きで、ほとんど家にいない。そのため駄菓子屋で働くようになってから、仕事の日はこちらで朝昼晩と祖母と食卓を囲むようになった。もちろん三食ともに祖母の手料理だ。ちなみに祖父はわたしが幼少のころに他界したのでほとんど覚えていない。

　言うまでもなく祖母の料理の腕はたしかだった。里芋の煮っころがしを口に運べば、ほくほくのお芋が口のなかでほぐれ、幸せいっぱいの大地の甘みがひろがる。これだけでごはん三杯はいけそうだ。

「じゃあ、明日は楓子が夕飯をつくってくれるのね」

煮っころがしを満喫し、答える。

「だね。ついでだからおばあちゃんのぶんも用意する」

「楽しみだわー。ついでらしいけど」

軽い嫌みだろうか。ついで、は失言だったかもしれない。

「それでさ、ここを食堂代わりに使いたいんだけど、いいかな?」

店の奥にある四畳半の座敷だった。床より一段上がってひざくらい高さがあり、年季の入った畳が敷かれている。

かたわらには土間の台所もあって便利なので、祖母との食事はいつもこの場所を使っていた。

かつて駄菓子屋かすがいでは、もんじゃ焼きのほか簡単な食事類も提供していたらしい。しかしそれも二十年以上前にやめてしまった。いまは手前に大きなのれんをかけて目隠しをして、店舗スペースとしては使っていなかった。

この座敷なら店からすぐに上がれるし、調理や食事も問題ない。

「べつに構わないけど、あたしもご相伴してもいいのかい」

「うーん、さすがにいきなり三人で食事は、翔琉くんも気を遣うと思うんだよね」

「でしょうね。しょうがない。あたしは上に引っ込んでるよ」

ごめん！　とわたしは手を合わせた。

あと一階にあるのは物置と風呂トイレくらいで、主な居住空間は二階となる。わたしは通いなので、この建物では祖母がひとりで寝起きしていた。

祖母は隠居の道を選んだもののまだまだ元気だし、きついお叱りを貰ったりもするけれど、昔からいつもわたしのことを大事に考えてくれる優しい人だ。

「それにしても……」祖母は箸の根もとをあごに当て、険しい顔をした。「その子の親御さんは、ちょっとひどいね。どういう料簡なんだろうねえ」

「よく知らないけど、複雑な事情があるのかもしれないし」

「そうだね。なにもわからない段階で、人様の家庭を批判するのはやめておこうか」

わたしもその件はひとまず棚上げしようと思っていた。いまはとにかく、翔琉にきちんと夕飯を食べることの意義を知ってもらうことが先決だ。

「それよりこの煮っころがし、ほんとおいしいよね。こういうのも、少しずつ教えてもらわなきゃ」

「あんた、ほんとに大丈夫？　熱でもあるんじゃない」

「だから失敬な」

　こうなりゃ祖母を驚かせるくらい、明日はがんばらねばなるまい。


　翔琉にはアレルギーの有無とともに、好き嫌いも聞いている。どちらも答えは「とくにない」だった。

　あれやこれやと検討した結果、かすがい食堂の記念すべき最初の献立はハンバーグに決めた。みんな大好き、子どもには鉄板のチョイスだ。ネットで漁ったレシピを見るかぎり、さほど難しくなさそうだったのも大きい。初心者はまず定番から挑んだほうが間違いがない。

　名づけて《簡単鉄板定番ハンバーグ》である。

　付け合わせはこれまた定番のジャガイモとニンジン。これらの食材はハンバーグに使う玉ねぎとともに、コンソメスープに流用する予定だった。準備の手間も省ける、我ながら完璧な献立だ。

　買い物は近所のスーパーマーケットで事前に済ませておいた。

そして午後六時すぎ、約束どおり翔琉はやってきた。

「で、ぼくはどうすればいいの」

なにひとつ期待感のない様子で尋ねてくる。

「翔琉くんはただ待ってればいいから。お姉さんがとびきりのハンバーグをつくってあげるから！」

やっぱり無反応だ。

少し早めに店を閉め、さっそくハンバーグづくりに取りかかった。

まず付け合わせのジャガイモはソテーにする。水を入れた器でレンチンして、バターで炒めるだけの簡単レシピだ。味見してみるとこれが驚くほどにおいしかった。外はカリカリ、なかはほくほく、塩味とバターの風味がたっぷり染み込んでいる。空腹も手伝って何個もつまみ食いしそうになった。

そしてニンジンはグラッセに。これも鍋に調味料を入れて煮込むだけなので簡単だ。完成したつやつやのニンジンを齧ると口中で甘みが弾け、これもまたつまみ食いをこらえるのに強い意志が必要になるほど絶品だった。

いままで気づかなかったけれど、わたしは料理の天才かもしれないと思いはじめる。

そしてメインのハンバーグ。

唯一の難所と思えた玉ねぎのみじん切りも、飴色に炒めることも問題なくできた。あとは材料を捏ねて丸めて焼くだけだ。

三人ぶんのハンバーグをフライパンで焼く。レシピに書かれていた「なかまでしっかり火を通しましょう」を意識しすぎたせいか少し焦げてしまったものの、許容範囲だろう。ぷっくりと膨らみ、竹串を刺せば透明の肉汁がつつっとこぼれる。

完成だ。

ほとんど料理の経験がないにしては、明らかな失敗もなく我ながらうまくできたと思う。もっとも難しい工程はなかったし、レシピどおりにつくれば失敗することもあまりないはずだ。

ただ、大いなる誤算がひとつあった。

それはびっくりするほど時間がかかってしまったことだ。

完成するまで一時間半以上を費やすことになった。しかも当初予定していたスープはキャンセルして、である。

慣れていないので、どうしてもひとつひとつの作業に時間がかかる。なるべく並行して作業を進めようとしたけれど、段取りもかなり悪くなってしまった。その都度レシピを確認する必要があり、全体の流れが描けないのだから当然だ。

何度も「まだ？」と聞いていた翔琉は途中ですっかりあきらめ、やることもないので散歩に出かけたりしていた。母親が帰ってくるのは明け方らしいので、時間の余裕があることだけが救いだった。

お皿にハンバーグと、ジャガイモのソテー、ニンジンのグラッセを載せる。結局インスタントで代用することになったコンソメスープ。そして茶碗(ちゃわん)にごはんをよそう。

完成した料理を祖母にも届け、ようやく食卓についた。

「本当に、本当にお待たせしました。それではいただきましょう。いただきます！」

元気いっぱいに告げたのはわたしだけだった。翔琉は無言で箸を持って食べはじめる。気になったけれど小言めいたことは言わないことにして、まずはハンバーグを頬張った。

「んんっ！」

嚙んだ瞬間に肉汁とともに肉の旨(うま)みが弾けて、思わず唸(うな)った。苦労してつくった贔屓(ひいき)目はあるとしても、我ながら抜群においしい。嚙むほどに肉汁がひろがり、肉と野菜の酸味と甘みが絶妙に溶け合っている。市販品よりも歯ごたえがあり、肉料理だと実感できる味わいには満足感が詰まっていた。

とんかつソースとケチャップ、砂糖、そしてアクセントに醬油(しょうゆ)を加えたお手製ソースもいい塩梅だ。

ジャガイモとニンジンの付け合わせは時間が経ったせいか、味見をしたときほどの突き抜けるおいしさはなかった。それでも合格点ではないかと思える。

時間がかかりすぎてしまったことを除けば、本格的な料理が初めてにしては充分すぎる出来だ。なにより思いのほか料理は楽しかった。これまで機会がなかっただけで、意外と自分は料理に向いているのかもしれないとも思う。

個人的には大満足だけれど、大事なのは翔琉だ。この料理は彼のためにつくったものなのだから。

先ほどから彼はおいしそうにするでもなく、かといって顔をしかめるわけでもなく、黙々と箸と口を動かしていた。

「どう、おいしい？」

「べつに」

ピキッ、とこめかみのあたりで音が鳴った気がした。

たしかに食堂という体でお金を貰っているものの、仮にも料理をつくってくれた相手に対して、その返答はないだろう。いやいや相手は子どもだ、子どもだ、と自分に言い聞かせなんとか平静を保つ。

「おいしくなかったかな。ハンバーグはあまり好きじゃなかった？」

「べつに」

ピキピキッ、と以下同文。

いまの返答はさておいても、彼の食事は気になるところだらけだった。

まず「いただきます」がない。箸の持ち方が握り箸で、ひどく摑みにくそうにしている。正しい箸の持ち方は見た目に美しいだけでなく、無駄な力をかけずに摑みやすくする実用的な技術である。

同じおかずばかりを食べる、いわゆる〝ばっかり食べ〟で、お箸を舐めるねぶり箸も散見された。そしてなにより問題だと思うのが、とてもつまらなそうに食べていることだった。

食事がおいしくないのなら、わたしの不徳の致すところだ。素直にあやまりたい。けれど彼の場合はそういう理由ではないと思えた。

「ねえ、ひとつ聞かせて。翔琉くんの好きな料理って、なに？」

「べつに、とくには」

思案することもなく、あっさりと彼は答えた。

食に対する興味が薄い――。

もしこれが事実なら、根深く、厄介な問題だ。

ただ、わたしが立ち入っていい問題なのだろうかと葛藤もあった。たまたま店に来ただけの、縁もゆかりもない子どもだ。親から食事をつくってくれと依頼されたわけでもない。人様の家庭にくちばしを挟めば面倒なことになるかもしれない。

だからわたしは山ほど湧き出る言いたいことを、ぐっとのどの奥で抑え込んだ。

翔琉はハンバーグとジャガイモは完食したものの、ニンジンは少し手をつけただけで箸を置いた。やはり「ごちそうさま」はなかった。

「ニンジン、嫌いだった？」

「べつに」

「じゃあ、なんで残したのかな」これだけは聞いておきたかった。

「もう、おなかいっぱいだし」

ここでもまた、言いたいことを呑み込んだ。

食事を残すのはべつにいいと思う。世界には食べたくても食べられない人がうんぬん、なんて道徳はナンセンスだ。残さなかったからって飢えに苦しむ人が救われるわけではないし、無理に食べるほうが体に悪い。

けど、それならそれで栄養バランスを考え、満遍なく食べてほしかった。もちろん栄養のことを考え抜いた献立ではなかったけれど、偏ることがいいとは思えない。

翔琉は礼を言うこともなく、「じゃあ」という言葉だけを残して店を去っていった。

ひとり残されたわたしは、ただただ徒労感と無力感を持て余していた。


食器を片づけて上に行くと、わたしのつくった料理を祖母はきれいに食してくれていた。少し、救われた気持ちになる。

「どう、だったかな」

「おいしかったよ。大したもんじゃないか」

「ほんとに！」

「あたしとしてはハンバーグはもう少しやわらかいほうが好みだけどね。それに品数もちょっと物足りない感じがする。ハンバーグはもっと小さくていいから、あとひとつふたつ、小鉢で彩りがあったらよかった。でも、いきなりあれもこれもできるもんじゃないからね。最初としては充分すぎるくらいだよ」

祖母の優しさが身に沁みる。

「でも、やたら時間がかかっちゃった」

「そんなものはやってるうちに段取りよくなるもんさ。それより翔琉くんはどうだったの。あんまり芳しくはなかったみたいだけど」

「わかる?」

ため息をつきつつちゃぶ台の前に座った。

「そりゃわかるさ。この世の終わりみたいな顔して入ってきたら」

そこまでひどい顔ではなかったと思うけれど、さすがにわかるかと苦笑する。祖母の淹れてくれたお茶を飲みながら、下での様子をつぶさに語った。

話を聞いた祖母の第一声は「かわいそうな子なのかもしれないね」だった。

「これまで食の楽しさを知ることができなかったんだろう。食事のマナーもね。周りにいる大人たちのせいだよ」

「学校でも食育とかはあると思うんだけどねー。授業以外も手を抜かない教師と、そうでない教師と、ムラはあるのかもしれない。学校や教師って当たり外れが大きいから」

「あたしはそういうのは嫌いだね」

「どういうこと?」

「昨今の、なんでもかんでも学校や教師に押しつける風潮だよ。学校は勉強を教えるところだ。生活に必要な知識や、生きる術を教えるのは親の役目だ」

ははは、と乾いた笑いを漏らした。学校や教師は多くのことを求められ、責任を押しつけられ、疲弊しているのは事実だろう。そういう報道を目にするたびに考えさせられるし、祖母の主張も理解できる。

でも、きっと親だって余裕がないのだ。すべてを親にまかせると、家庭による格差も大きくなってしまう。簡単に答えの出ない問題だ。

「で、翔琉くんのこと、楓子はどうしたいんだい」祖母が話をもとに戻した。

「それね……」

わたしは、どうしたいのだろう。

「やっぱり――」でも、考えるより先に言葉が出てきた。「あの子をほっとけない」

ふふっ、と祖母が笑う。わたしの背中をそっと押してくれる、優しい笑みだ。

翔琉のことは、どうしてもほっとけなかった。

昔の自分――いや、ありえたかもしれない自分の姿を見ている気持ちになったからだ。

小さなころからわたしの両親は仕事で忙しく、ともに夕食を摂る機会はほとんどなかった。いまでも母はほとんど料理をつくることがないし、そもそも呆れるほど料理が下手な人である。

でも、代わりを務めるように祖母の朝日が料理をつくってくれた。祖母は口うるさい人ではなかったけれど、食事のマナーについては事あるごとにしつけられたし、箸の持ち方も身につけさせられた。それは本当にありがたいことだったと、大人になってから実感したものだ。

なにより祖母のつくる料理はおいしかったし、毎日の食事が楽しかった。心から感謝しているし、もし祖母がいなかったらと思うとぞっとする。

翔琉は、祖母のいない〝もしものわたし〟だ。

もちろんあの子の将来に責任はないし、持つこともできない。でも、図らずも知り合ってしまった。あの子の現状を知ってしまった。自分になにができるかわからないけれど、このまま見て見ぬふりをすることはできなかった。

「わたし、どうしたらいいかな。どうすれば翔琉くんに、食べることの意味を教えてあげられるかな」

簡単だよ、と祖母は八十年かけて培われた自信を笑みに乗せた。

「彼といっしょに学べばいいんだ。食育なんて大上段に構えず、間違っても教えてあげるなんて思わないことだよ」

その言葉は力の入ったわたしの肩肘を、そっと揉(も)みほぐすものだった。

そうか、それでいいんだと、全身からすっと力が抜けた。

「うん。そうする。わたしだって食べることの意味なんてわからないもんね」

祖母が笑みを浮かべたままうなずいてくれる。

方針は決まった。ただひとつ気がかりなのは、翔琉がまた店に来てくれるかどうかだった。


わたしは店の奥にある帳場に腰かけながら本を読んでいた。

午前中、商店街にある本屋までひとっ走りして買ってきたもので、食と栄養についてまとめたものだった。

昨夜の祖母の忠告どおり、食について教え諭すようなことをするつもりはなかったし、授業めいた講義をするつもりもなかった。けれど科学に基づく知識や、基本的な食育の考えを知っておくのも大事なことだと思ったのだ。食に関する知識を伝えるのは有用なことだし、それはさりげない雑談などからでもできる。

あとは、また翔琉が来てくれるのを願うばかりだ。

いつものようにたまに訪れる大人の客の相手をして、かまびすしい小学生軍団の猛攻を凌ぎ、静かな夕刻が訪れる。

　店に差し込む飴色の陽のなかに、小さな影がひとつ。

　つっと本から目を上げ、小さな安堵を結ぶ。そっと本を閉じて、控えめな笑みを浮かべた。

「今日も来てくれたんだ」

　翔琉は無言でうなずき、物色するように店内を見回した。

「今日もわたしのごはん、食べたいのかな。それともやっぱりお菓子がいい？」

「どっちでもいい」

　ふふ、と思わず笑いが漏れた。彼らしい返事だ。もう二度とごめんだ、とは思わなかったようで、それは素直に嬉しかった。

「オッケー。じゃあ買い物に行こうか」

　景気よくひざを叩いて立ち上がると、翔琉が困惑した顔で首を傾げた。

「夕飯の買い出しだよ。今日はいっしょに行くよ！」

　わたしは彼の背中を押すように元気いっぱいに告げた。

　いっしょに買い物と料理をしてはどうか、というのは祖母のアイデアで、すぐに妙案だと思った。

料理ができあがるまでの道のりは、完成形を見ただけでは想像が難しい。料理の知識がなければなおさらだ。想像ができなければ感謝の気持ちも生まれない。それは料理をつくってくれる人に対してもそうだし、いただく命に対してもだ。動物はもちろん、植物にだって命があり、わたしたちは他者の命を奪わなければ生きていけない宿命を背負っている。食について考えるなら避けられないことだ。

どんな食材があり、どんな過程を経て、食卓に並ぶのか。まずは買い物と料理に参加してもらうことからはじめることにした。

そして今回からは調理でも祖母の手を借りることにした。最初からすべてをこなそうとするのではなく、わたし自身も少しずつ慣れていけばいい。

祖母には買い物に出る前に声をかけたので、すでに仕込みをはじめてくれているはずだ。

暗くなりだした頃合いでも春の陽気は残っていて、心地のいい風が草花の匂いを届けてくれる。西の空がきれいな茜色（あかねいろ）に染まっていた。

美しい夕空を見ながら翔琉に尋ねる。

「なにか食べたいものある？」

「べつに、なんでも」

そんな感じの返答だろうな、とは予想できていた。

「魚はどう?」

「べつに、いいけど」

「オッケー」

商店街にある鮮魚店に向かう。じつはわたしも行くのは初めてだった。

このあたりはいわゆる下町と呼ばれる地域で、いい意味でも悪い意味でも洗練とは無縁の猥雑さが色濃く残っている。昔ながらの商店街もあって、いまでも多くの人で賑わっていた。ただ、わたし自身はいつもスーパーマーケットを使っていて、書店や百円ショップなど一部を除き、商店街を利用することはほとんどなかった。

到着すると「いかにも魚屋さん」といった掠れ声のおじさんが手を叩いて呼び込みをしていた。おじさんといっても意外と若く、三十代の半ばくらいだろうか。

店頭に並ぶ魚を眺めながら声をかけるタイミングを計っていると、向こうから話しかけてきた。

「お姉さん、買うもんは決まってる?」

「えと、オススメありますか」

　そうだね、と店頭に並ぶ魚を見やる。

「今日はいいアジが入ったんだ。ちょうど旬だしね。どうだい」

「アジはたしか、青魚ですよね」

「そのとおり。ＤＨＡがたっぷりでお子さんにもぴったりだ」

　いえ、わたしの子ではないんですけどね。ていうか、そんなふうに見えます？

「青魚なら必須アミノ酸もバランスよく含んでますしね」本で仕入れたばかりの知識をさっそく披露。「アジだったら……」

「定番でアジフライとか。どうだい坊主」

　おじさんに笑顔を向けられた翔琉だったが、無表情に視線を逸（そ）らすだけだ。子どものそんな対応にも慣れているのか、おじさんは高らかに笑った。代わりにわたしが応える。

「アジフライ、いいですね。それじゃあいただけますか」

「捌（さば）ける？　フライなら三枚に下ろすけど」

「あ、お願いします」

　旬の食材を教えてくれて、調理法を提案してくれて、さらに下処理までしてくれる。プロの技と知識を得られる場所を利用しない手はないでしょ、とは祖母の弁だ。もちろんすべての鮮魚店に求めてはいけないけれど、祖母がいつも利用しているこの店なら間違いない。

スーパーの、捌かれてパックで並ぶ食材ではなく、魚本来の姿が見られることにも意味があると思える。なによりわたし自身、店頭に並ぶ姿に圧倒されたし、名前は知っていても見分ける自信のない魚ばかりだ。

次いでスーパーに行き、ほかに必要なものを購入した。

べつにスーパーが悪いわけではないし、逆もしかりだ。それぞれ得手不得手があるだけで、消費者としてはうまく使い分ければいい。


買い物を終えて店に戻ってくると、のれんの奥の台所に立つ祖母を翔琉に紹介する。

「わたしのおばあちゃん。名前は朝日だけど、おばあちゃんって呼んでくれていいよ」

「翔琉くん、初めましして。よろしくね」

中腰になって祖母があいさつすると、翔琉はぎこちなく首だけで会釈をした。

わたしたちはアジフライだけを担当し、あとはすべて祖母にまかせることにした。

とはいえ、アジフライのつくり方も祖母に頼りっきりだった。彼女の教えに従ってアジの身に残った小骨を取り除き、塩コショウを振りかけ、小麦粉を満遍なくまぶし、溶き卵を絡め、パン粉をしっかりとつける。

　これらの作業を翔琉とともにおこなった。

　彼は相変わらず反応が薄く、やる気があるのかないのか、楽しんでいるのかどうかもわからない様子だ。けれど嫌がる素振りもないようなので、いまはそれでいいのだと考えることにした。

　油で揚げるのはさすがにわたしひとりで担当し、翔琉には食器の準備などをやってもらった。祖母はさすがの手際で、わたしたちに逐一レクチャーをしながら、並行して副菜とみそ汁を仕上げている。すごいとしか言いようがない。

　料理が完成した。

　メインはアジフライで、千切りのキャベツを添えている。副菜はほうれん草とニンジンのゴマ和え、さらに昼食時に作り置きしていた肉じゃがだ。みそ汁は定番の豆腐とワカメ。ごはんは翔琉によそってもらった。

　三人で食卓を囲み、手を合わせる。

「いただきます！」

　翔琉はやっぱり声を出さなかったけれど、最初にこれだけは伝えておく。

「無理に全部食べる必要はないからね。その代わりいろんな料理を、なるべく満遍なく食べるようにしてくれると嬉しいかな。いろんな栄養を摂れて、体も喜ぶからね」

翔琉はこくりとうなずいた。

あれから調べてみて、〝ばっかり食べ〟が悪いことばかりではないとわかった。これは主に大人の例だけれど、血糖値の上昇を抑えるため、あるいは暴食を抑えるためにまず野菜から食べるという方法がある。なにより食べ方をうるさく指導するより、自由に食べさせるほうがいいという考えもあった。

ただ、昨日の翔琉のように食べるものが偏ってしまうのはやはりよくない。大事なのは強制することなく、理由と利点を伝えることだ。

翔琉は食に対する興味が薄くても、極端な偏食はなく、野菜も平気で食べるのは美点だと思える。けれどいまのままでは宝の持ち腐れだ。

今日伝えるのはそのことだけと決めていたので、わたしも自分の食事に集中する。

まずはアジフライをいただく。

控えめにソースをつけて頬張ると、サクッ、と音を立てて、衣の下からふんわりとした身が転がり出てくる。魚特有の淡泊な、けれどもぎっしりと海の恵みの詰まった身が口のなかで崩れていく。油と衣と魚の身が渾然(こんぜん)となり、やっぱり魚はおいしいなと染み入ってくる味だ。アジだけに。

祖母のつくった副菜も絶品だった。ほうれん草とニンジンのゴマ和えは野菜の甘みをたっぷり味わえ、肉じゃがは安心できる家庭の味だ。

食事が半分ほど進んだところで聞いてみた。

「どう、翔琉くん。おいしいかな」

彼は控えめにわたしと祖母に目をやってから、しばし動きを止め、テーブルを見つめたまま小さくうなずいた。それは本当にかすかなうなずきだったけれど、たしかな手応えを感じさせるものだった。


駄菓子屋かすがいが休みとなる土日を挟み、翌月曜日に翔琉は来なかったので心配したけれど、火曜には姿を見せて安堵した。月曜は母親の仕事が休みで、夕食はコンビニの弁当をいっしょに食べたようだ。

それとなく母親の仕事を聞いてみると、夜勤での介護の仕事なのだという。夜に働いたほうが給料や時給はいいのだろうなと考えさせられる。

いまは彼との関係を構築する時期だと考え、祖母とも話し合い、食事のマナーなどについてはなにも言わないことにした。

　翌水曜日にも翔琉はやってきて、四度目の食事をともにする。わずかな変化ではあるものの、確実にかすがい食堂での食事を楽しんでいると行動や表情にあらわれるようになってきた。何度も来てくれることがなによりの証左だ。

　わたしたちの試みは無駄ではないと確信を持てた。

　いちおう毎回三百円は貰っていたものの、春日井家の食材を流用することも多かったし、あまりコストのことは考えていなかった。商売でやっているのではないのだし、わたしも祖母も細かいことはいいだろうという気持ちだった。

　翔琉との繋がりを感じはじめ、そして迎えた木曜日。

　くしくも初めて彼と食事をした日からちょうど一週間後、予期せぬ来訪者がやってきた。いや、予期していなかったといえば嘘になるかもしれない。たんに考えないようにしていただけだ。

　午後二時をすぎたころだった。店に入ってきた瞬間、反射的に嫌な予感を抱いた。明らかに普通の客とは違う不穏な気配をまとっていたからだ。

「初めまして。翔琉の母ですが」

　明らかに穏当な話し合いにはなりそうもない、刺々しい物言いだった。嫌な予感は当たりそうだと、つばを呑み込む。

　服装は春らしい落ち着いた色合いのワンピース。けれど不機嫌に振る舞うのが常態なのだと思えるほど、醜く歪んだ表情が板についていた。

「翔琉が、こちらでいつも夕飯をご馳走になっていたそうで」

「はあ、ご馳走といいますか……」

　翔琉がたびたび三百円ぶんのお菓子を買いに来て、それを不審に思い声をかけたところから順を追って、丁寧に説明する。食事を提供したのは純粋に栄養面での心配からだったと強調した。

　話を聞き、母親は深くうなずいた。

「よくわかりました。で、こちらでは食堂も経営してるわけ？」

「え、いや、食堂の経営というか、あくまで善意で提供していただけで」

「善意！」母親はわざとらしくのけ反って驚いてみせた。「だったら無許可で営業していたわけだ」

「無許可、になるんでしょうか。営業と言われましても……」

　昔は食事も提供していたから、そういう届出はされているはずだ。けれど、それがいまでも有効かどうかは不明だった。

「だってそうでしょ。翔琉から三百円を受け取っていたんでしょ。完全に無許可で食堂をやってたことになるよね」

「いえ、いちおう昔は食事も提供していたようですし、そもそも今回のケースで、はたして営業許可や届出が必要かというと、かなり微妙じゃないかと思うんですけど」

「昔のことなんか聞いてないの！　無許可でやってたんでしょって聞いてんの！」

母親の声はビリビリと震える神経を逆なでする声音で、思わず耳を塞ぎたくなった。そんなことをすれば余計に相手の機嫌を損ねるだけだから、ぐっとこらえる。

彼女は自分が絶対に正しいと思い込み、他人の言葉をまるで聞かないタイプなのだろう。もっとも、こちらも詰めが甘かったのは事実だ。ここはとにかくあやまるしかない。

「はい。申し訳ありません」

「やっとあやまった。あー、疲れる。あー、疲れる。ほんっと、なんなんだろうね。保身のための言い訳ばっかり。言い訳する前にあやまることが、なんでできないんだろう。どんな親に育てられたらこんなふうに育つんだろね」

腹の底でどろどろと黒い塊が蠢くけれど、じっと我慢する。当初の予感をはるかに超えて厄介なことになりそうだと、どんよりした気持ちを抱え込んだ。翔琉に〝もしものわたし〟を見たけれど、もちろん自分の母親と彼女はまるで違う。

「で、どういうつもりで食事をつくってたわけ？」

「どういうつもりといいますか、先ほども申しましたように栄養面で心配があったといいますか」

「まともに食事を与えてもらえない、かわいそうな子だと思ったわけだ」

「いいえ、かわいそうとかそうい――」

「思ったんでしょうが！」

またしてもヒステリックな大声に身を縮める。近所の知り合いのおばちゃんが、なにごとかとそっと覗き込むのが見えたけれど気づかないふりをした。いまは人を呼ばれても余計にややこしいことになるだけだ。

「あんたになんの権利があるわけ？　なんで勝手に食事を食べさせたわけ？」

「権利とか――」また言い返しそうになり、すんでで呑み込む。「は、ないと思います。すみません」

「それでもし、うちの子になにかあったらどうするつもりだったわけ？」

これはかりはたしかに返す言葉がなく、素直に「申し訳ありません」と告げる。

「あのさあ――」あざ笑うように、声にかすかなビブラートが混ざる。「うちはうちの方針でやってんの。あんたごときにとやかく言われる筋合いはないの」
「我が子の夕飯にお菓子を与えて平気な親が、方針なんて言わないでほしいですね」
はっとして振り返ると、祖母が背後の座敷からのれんをかきわけ、顔を覗かせてい
た。サンダルを履いて土間に降り、母親の前に立つ。その迫力に、彼女はわずかにあ
とずさった。
「この子の祖母の朝日です。息子さんへの食事の提供はわたしも賛同し、いっしょに
おこないました」
「あんたねえ、その歳でやっていいことと悪いことの区別もつかないの」
「その言葉はそっくりあなたさまにお返しします。仕事も生活も大変でしょう。毎晩
食事をつくれなどとは申しません。でも、我が子の健康を考え、なにが正しいかを
考えることすらできないのですか」
「無許可で違法に営業している人に言われたくはないね！」
「いいえ。当店で食事を提供する届出はしておりますし、わたくしは食品衛生責任者
の資格も持っております。けっして違法でも、無許可でもありません」
ほんとに⁉　わたしは思わず祖母を見つめるものの、その毅然とした表情から嘘か
真かは判別できなかったし、する必要もないのだと気づく。祖母のおかげでいったん

混沌（こんとん）のリングから降りて冷静さを取り戻し、見えてきたことがある。

この母親がなぜ、わたしたちのおこないにこれほどまでに怒りを露（あら）わにしているのか。なにが気にくわなかったのか。

それは、自分のプライドが傷つけられたから。

その一点で彼女は我を忘れて怒っている。

なにが正しいのかや、我が子のためという思いは欠片（かけら）も存在しない。彼女にとって唯一正しいのは自分の感情だ。この母親は、とにかく難癖をつけたいのだ。

「そんなことはどうでもいいんですよ！」

自分が吹っかけてきた難癖を、旗色が悪いと見るやあっさりなかったことにする。

「なぜあなたたちは翔琉が求めてもいない食事を勝手に提供したのかと言ってるの。なんの権利があって――」

「ですから、わたくしどもは翔琉くんの――」

「気安く名前を呼ばないでくださる」

祖母がため息を呑み込むのがわかった。

「お子さまの健康のことを考え――」

「だからなんの権利があってと聞いてるの！」駄々を捏ねるように再び声を震わす。

「話にならない」

それはこっちのセリフだ。

あの――、と控えめに声を出す。これはわたしの蒔いた種で、祖母にばかり前線で矢を浴びさせるのは心が痛む。

「かけ――息子さんは小学四年生ですよね。体が成長する第二発育急進期を迎えるころです。将来に向けた土台をつくる時期です。いかに食事が大事か、栄養が大事かというのは説明するまでもないと思います。だから――」

「あんたに言われる筋合いはないでしょが！　息子が食べたいと頼んでもいないのに！」

首を竦めながら、やっぱり正論を語っても無駄かと腹の底に嘆息する。

ぐちぐちと文句を垂れつづける母親の言葉を聞き流しながら、底なしの沼に足を取られたような虚無感に苛まれる。

彼女は翔琉から、お菓子を買おうとしたら半ば無理やり食事を与えられたと聞いているのだろう。彼は「嫌だった」と答えたかもしれない。親の求める答えを子どもは鋭敏に察するし、得手勝手な親に育てられるほどにその感覚は研ぎ澄まされるものだ。子どもにとっての処世術である。

どうすれば決着するのだろう。反論せずにひたすらあやまりつづけ、言いたいことを言わせて帰るのを待つしかないのか。そうしてこの親子とは今後いっさい関わらないようにするしかないのか。

わたしたちはそれでもいい。でも、翔琉はどうなる。またお菓子を食べる日々に戻るのだろうか。そうやって彼のことを心配することも勝手なエゴなのか。

「ぼくは、ここで、ごはんが食べたい」

幼い声に顔を上げると、いつからいたのか、翔琉の姿があった。店に一歩だけ踏み入った戸口付近に立ち、三人の大人の視線を受けて、戸惑うように床に顔を向ける。

翔琉？　と母親が問いかける。

「なにを言ってるの？」

おどおどと床に視線を這(は)わせつつも、思いのほかしっかりした声で翔琉は言う。

「最初は、びっくりしたけど、ごはん、おいしいし。体も、喜ぶって」

「あのね、翔琉。ここはちゃんとしたお店じゃないの。だから――」

「ちゃんとしたお店です」

凛(りん)とした声で祖母が告げ、「ね？」とわたしに同意を求めた。どう転がるかはまるで読めなかったけれど、いまは祖母の考えに乗っかるのが正解であるのはわかった。

ぶんぶんと首を縦に振る。

「そうです。『かすがい食堂』って名前なんですよ。看板は掲げてないし、お客さんも少ないけど、ちゃんとした食堂です」

「え、あなたさっき――」

母親の疑問を祖母は遮る。

「六十年前からこの店では駄菓子とともに食事も提供する、れっきとした食堂であります。少し中断しておりましたが、先日復活したばかりで。孫はそのあたりをきちんと認識していなかったようですね。いずれにしましても、お子さまが求め、対価を払い、うちは食事を提供する。それだけの話となります。なにか問題がありますか」

再び口を開きかけた母親の機先を制し、祖母はさらにつづける。

「これまではサービス価格で一食三百円で提供しておりましたが、以降は一食六百円を頂戴いたします。それでもよろしければ」

え？　とわたしは思わず口を開けた。なんで値段を上げてんの、と文句を言いたくなる。

けれど母親は怒りを見せることはなく、むしろ先ほどまで四方八方に飛び散らせていた険が薄らいでいるように見えた。あらためて息子を見やり、

「この店の食事が気に入ったのね」

　とぶっきらぼうに尋ねた。翔琉はやや怯えつつも、こくりとたしかにうなずいてみせた。母親は店中の空気が澱むような盛大なため息をつく。

「わかりました。これまでの経緯については大いに不満だし、納得もいってないけど、翔琉のためにこれ以上はやめておきます」

　一方的に宣言し、「行くわよ」と息子の手を取って店をあとにする。

　店には一気に静寂が訪れる。澱んだ空気を入れ換えるように祖母は大きく息をつき、わたしは脱力するように腰を落とした。

　狐につままれたような気分だ。えっと、いちおう解決はしたんだよね。

「まったく。困った親もいたもんだね」

　吐き捨てるようにそう言って踵を返すと、祖母は奥の座敷に腰かけた。わたしも帳場に座ったまま店の奥に身を乗り出す。

「納得してくれたんだよね、翔琉くんのお母さん」

「だと思うよ。負けを認めたくないというか、上げたこぶしを下ろせなかったんだろうね、曖昧な言い方だったけど」

「でも、なんで納得してくれたんだろ。ちゃんとした食堂だってのも、ほとんど口先だけだったし、しかも料金を値上げして」

「それなら彼女のプライドが傷つかないからだよ」

「え……？」

「彼女はね、自分がバカにされたと思ったんだ。だから怒鳴り込んできたんだよ。怒ったのは息子かわいさからじゃない。彼女にしてみれば、情けをかけられたのは母親としての自分が否定され、顔に泥を塗られたことと同義だった。

でも、ちゃんとお金を払って、食堂で食事をするなら問題ないでしょ。情けをかけられたんじゃないから彼女のプライドは傷つかない。三百円だとボランティア感が拭えないけど、六百円なら一般的な定食料金としておかしくない。だからあえて値上げを提案したの」

「そういうことか……」

すとんと胸に落ちる。

プライドが傷つけられて怒髪天を衝いたのだとは想像していたけれど、そのような着地点までは考えが至らなかった。祖母の老獪さにはあらためて恐れ入る。駄菓子屋は比較的平和な商売だと思えるけれど、長くやっていればトラブルなども幾度となくあったのだろう。何十年も客商売をしていたのは伊達ではない。

とはいえ、やはり大きかったのは翔琉が「ここで、ごはんが食べたい」とはっきり言ってくれたからだ。彼女は息子をひとりで育ててみせるというプライドだけは、それがたとえ歪んだものだとしても持っている。息子の言葉を無下にはできなかった。

きっと怖かっただろうに、わたしたちを、そしてここでの食事を守るために翔琉は来てくれたのだ。彼の言葉はとても嬉しかったし、報われた気分だった。

「でもさ、六百円は取りすぎじゃないかなー。なんだか申し訳ない気がする」

「そうだね。だったら差額の三百円は彼のために貯金しておいてあげたら。あの親じゃ今後も苦労するだろうし」

思わず噴き出す。

さて、と毒を吐いてすっきりした顔で、祖母はひざを叩いて立ち上がった。

「そうとなれば、ちゃんと営業の届出も確認しなきゃね」

「え？　いまも有効だって堂々と言ってなかったっけ？」

「食事の提供をやめたのは何十年前だと思ってるんだい。いまも有効かどうかなんてわかんないよ」

ははは、と苦笑する。いっさいの躊躇（ちゅうちょ）なく凜然と言い放つ胆力には感心しかない。

「食品衛生責任者の資格はどうなんだろ。まだ生きてるもんなのかね。楓子、調べといてよ」

「はいはい、わかりましたよ」

はぁ、疲れた疲れた、とつぶやきながら祖母は二階に戻っていった。

再び平和が戻ってきた店内で、日常のざわめきが耳に届く。

まるで台風みたいな出来事だったなと思い出しつつ、あらためて『かすがい食堂』が動きはじめたことを噛みしめる。まだ大きな実感は湧かないけれど、思いつきでスタートしたことが、自身の手を離れて膨らみはじめた感慨を抱く。

「楽しくなるかも。いや、楽しくしなきゃね」

無人の店内で独りごち、微笑(ほほえ)む。とにもかくにも、もっと料理の腕は上げなきゃならない。

「がんばるぞー！」

こぶしを突き上げ気合いを入れたところでふたり組の子どもが顔を覗かせ、「おばちゃんなにやってんの」と笑う。

「今日もお店をがんばろうって気合い入れてたの」

「変なの！」

と子どもたちはまたけらけらと笑った。たしかに、とわたしもまた心の底から笑った。店内にこびりついていた黒い澱(よど)みが一気に晴れていくのを感じる。

やっぱり駄菓子屋は無邪気な笑いがいちばん似合う。

第二話　むかしむかしあるところに

蟬(せみ)の声がかまびすしい季節がやってきた。

わたしは帳場に座り、うちわを緩慢に扇(あお)いでいた。

「うぅ……、あづい……」

まるで涼しさは感じないけれど、扇ぐのをやめたら一気に汗が噴き出すのでやめられない。『駄菓子屋かすがい』にエアコンなどというハイカラなものはなく、座敷ならともかく店のほうに扇風機を置くスペースもなかった。結果、奈良時代から変わらない古式ゆかしい道具に頼る羽目になる。

七月の、まだ夏休みには入っていない時期なので、今日も今日とて店は賑(にぎ)やかだ。

熱気の籠もる店内でもまるで平気な様子で、蟬に負けないくらい子どもたちは騒がしい。風の子というより太陽の子と言ったほうが相応しいように思えた。

ときに傍若無人に振る舞う子どもたちの相手は正直疲れる。でも、元気な彼らの姿を見ていると不思議に安心を覚えたりもする。ここは華やかな都心からは遠く離れた下町にある、小さな、小さな駄菓子屋だ。そんな世界の片隅であっても、子どもたちの笑顔を見ていると日本の未来は大丈夫じゃないかという気がしてくる。

　働きはじめて三ヵ月以上がすぎた。よく来てくれる子の顔と名前はほぼ覚えて、それぞれの関係性も摑めるようになってきた。

　仲のいい子もいれば、同じクラスだけどまるで絡まない子たちもいる。イジメとは呼べないまでも上下関係めいたものもある。また、兄弟姉妹での関係も子どもによってさまざまで、おもしろい。

　それについて、今日はひとつ気になることがあった。

　いつも仲のいい江平兄妹が、なぜか今日にかぎって明らかに互いを無視するようにしている。

　基本的に子どもたちの争いやいざこざには口を挟まないようにしていた。他人のものを無理やり奪ったり、暴力を振るったりするような目に余る行為は別だけれど、子どもの喧嘩に大人が口出ししてもしょうがない。

とはいえ、江平兄妹の様子を見ているとお節介の血がうずうずした。いつも「お兄ちゃん、お兄ちゃん」とまとわりついていた妹の凛が、兄など存在しないように振舞っている。

「ねえねえ、福斗くん」

だからその兄が近くに来たとき、つい声をかけてしまった。あぁ、わたしの悪い癖だ。

「どうしたの？　凛ちゃんと喧嘩でもしたの？」

「ああ、うん、まあ、喧嘩っていうか……」

歯切れ悪く答えて、カツレツふうの名称がついていながら実際は魚肉のすり身である駄菓子をかじった。俄然気になる。

「なによ、なにがあったのよ。おばちゃんに教えなさい」

こういうときは二十五歳の身空で自身をおばちゃんと言うのにも抵抗がない。

「ええっと、喧嘩ってほどじゃないんだ。この前さ、凛がおかずを残そうとしてたんだ」

「おかずって、晩ごはんの？」

「じゃなくて、土曜の昼ごはん。野菜炒め」

「うんうん、それで」

「でさ、残すんならくれよ、って言って取って食ったらさ、なんか、それで、機嫌が悪くなっちゃって」

「そりゃ福斗くんが悪い」

「ええ、そうなんかなー」

「それは残してたんじゃなくて、最後に食べようと分けてたんだよ。ほら、ショートケーキの苺を最後に残す人いるじゃない。わたしはまっさきに食べるけど。それだよ、それ」

「違うって、そんなんじゃなかったって」

「なぜそう言い切れる」

「だって野菜炒めだぜ。ちょこっと肉もあったけど野菜ばっかりで、しかもキャベツとかピーマンとかいろいろ残してた。最後の楽しみでそんな残し方しないよ」

　ふむ、とわたしは眉を寄せた。たしかに彼の言うとおりで、ショートケーキの苺理論は不自然だ。

「凜ちゃんは肉とか野菜の好き嫌いはあるの？」

「ピーマンが苦手かな。食べられないことはないし、残すと母ちゃんに怒られるから食べるけど」

だとすると、ますます最後の楽しみ説は揺らいでくる。

「凜ちゃんは、残してた理由は言わなかったのね」

「うん、ぜんぜん」

「でも、それで凜ちゃんが怒ったってことは、最後に食べるつもりだったんでしょ。勝手に食べた福斗くんが悪い」

「怒ったっていうか、なんか拗ねたような感じで。でも理由を聞いてもなんも答えないし」

ちらと店内に目をやると、すでに凜の姿は見当たらなかった。

「ちゃんと妹にあやまった？」

「いや、だってさ、理由もなんもわかんないし。あやまる理由なくね？」

はぁあああぁ、と大きなため息。「いや――」「だって――」どうして男は言い訳からはじまるのだ。素直にあやまるということができないのだ。

「と、に、か、く。理由もなんもわかんなくても、今日家に帰ったら凜ちゃんにちゃんとあやまること。いい？」

福斗は、めんどくせぇなあ、という顔をしながらも渋々といった様子でうなずいた。

素直、とは言えないけれどいちおう納得はしたようなのでよろしい。

その日の夕食は野菜炒めと相なった。

もちろん福斗の話を聞いたからで、献立は乗りと勢いも大事なのだとすでに気づいている。今日は『かすがい食堂』の日なので、翔琉といっしょに買い物に行く。

彼と話し合った結果、かすがい食堂は週に二度、火曜と金曜の夜だけおこなうことになっていた。

毎日のように春日井家で夕食を摂（と）るのはやはり不自然なことだし、わたしたちとしても距離が近すぎる気がした。週二くらいに留（とど）めておくのがいいのでは、と思ったからだ。

翔琉は母親とも話をして、かすがい食堂以外の日もなるべくきちんと食事を摂るようになっていた。きちんと、といっても外食か、スーパーやコンビニのお弁当や惣菜（そうざい）だ。それでもお菓子でなくなっただけでも大きな進歩だと思える。

また、祖母とも相談し、かすがい食堂を翔琉以外の子どもに開放することはやめておくことにした。いまはまだ不特定の客を集める意義を見出（みいだ）せなかったからだ。

四畳半の座敷では参加できる客数は三、四人がせいぜいで、開放しても中途半端になってしまう。買い物や調理をともにおこなうという方針だと、普通の食堂と勘違いした客とトラブルが起こりかねない。わたしや祖母の負担も大きくなる。

だから当面は翔琉専用の食堂として運営していくことにした。実質的に、春日井家の夕食に彼が参加している感じだ。次の展開が必要だと感じるときが来たら、またあらためて考えればいい。

夏至はすぎたけれど夕刻の六時半を回ってもまだまだ明るく、アスファルトに染み込んだ熱気も健在だ。今日もあっついねー、とぼやきながら翔琉とふたり、商店街に向かってぶらぶらと歩いた。

まずは野菜を買うために青果店へ向かう。

「野菜のリクエストはある?」

翔琉はふるふると首を振った。相変わらずおとなしく、感情を露わにすることはないものの、問えば素直に答えてくれるし、ときには笑顔を見せるようにもなっていた。

ならばと、キャベツ、ピーマン、玉ねぎ、ニンジン、もやしと定番全部盛りでいくことにする。

青果店にも食堂をはじめてから足を運ぶようになった。聞けばいろんなことを教えてもらえるし、スーパーでは手に入らないものや、場合によっては必要な分量だけを買うこともできる。個人商店のよさを再認識した。

あとは豚肉を買って終了だ。副菜は冷蔵庫にあるもので済ませる。

店の奥にある台所に立ち、その他もろもろは祖母の朝日にまかせて、わたしと翔琉は野菜炒めに勤しんだ。

まだぎこちなさは残りつつも、翔琉の包丁使いも慣れたものになってきていた。わたしもまともな料理ははじめたばかりで偉そうなことは言えないのだけれど。

野菜炒めの素晴らしいところは調理が簡単なことだ。とにかくフライパンで炒めればいい。それでいて不足しがちな野菜をたっぷりと、無理なく摂れる。栄養価的には最初にニンジンから炒めるのがポイントらしい。ゴマ油の香ばしい匂いがたまらない。

野菜がしんなりしすぎないように炒めたら、オイスターソースなどの調味料を絡めて完成である。

副菜は、えのき茸とシメジのきのこあんかけの厚揚げだ。

「いただきます！」

手を合わせて発声すると、翔琉も小声ながら「いただきます」と口にする。とくに注意したり、促したりしたわけではないのだけれど、自発的に声を出すようになっていた。

まずは野菜炒めに手を伸ばす。

シャキシャキとした食感が心地よく、さまざまな野菜の甘みと風味が口中にひろがる。豚肉のやわらかさと肉の味がアクセントになり、オイスターソースの香ばしさでさらに食が進む。野菜炒めほど罪悪感がなく、体にいい！　と感じられる料理も珍しい。

きのこあんかけの厚揚げもまた絶品だった。あんかけの甘いとろみが豆腐に絡みつき、舌に優しい。主菜とは違うふわふわとした食感がメリハリにもなっていた。

どちらもごはんがもりもり進む最高のおかずだ。

黙々と箸を動かす翔琉をそっと見やる。

箸の持ち方は相変わらず我流だ。でも、いまはまだそれでいいのだと思っている。まずは食事の楽しさを知ってもらうのが大事だった。

そういえばさ――、とわたしは口火を切る。会話も食事を彩る大事な要素だ。

「江平兄妹が仲違い（なかたが）していたから、お兄ちゃんの福斗くんに理由を聞いたんよ」

「福斗くんと凜ちゃんだね。ずいぶん仲のいい兄妹なのに、珍しいこともあるもんだ」

祖母も江平兄妹のことは知っているようだ。

「うん。でもそれがちょっとさ、どうにも理由がはっきりしなくて」

わたしは福斗から聞いた話を語った。

凜が野菜炒めを残そうとしていたこと。それを福斗が勝手に食べて、凜が怒ったこと。

「それがさ、最後の楽しみに分けておいたふうでもないいんだよね。かといって嫌いなものを残したわけでもない。それだったら凜ちゃんが怒る理由もないし」

「まあ、子どもってのは、大人が想像もつかないようなことを考えたり、行動を取ったりするもんだからね」

「あー、あるかも。意味のないことにこだわったり、変なものに執着したり」

「その子のなかではちゃんと意味があるんだよ。はた目にはわからなくてもね。凜ちゃんにとっては、きっと意味があったんだよ」

そんなことで翌日以降も口を利かないほど頑(かたく)なな態度を取るだろうかと思えたものの、食べ物の恨みは恐ろしいともいう。

そのときふいに翔琉が「同じ……」とつぶやいた。彼がわたしたちの会話に入ってくるのは珍しい。

「ん？　どうしたの」

「江平凜さんとは、同じクラス」

「へえ、そうなんだ！　ぜんぜん知らなかった」

彼はかすがい食堂に通っているものの、子どもたちで賑わう午後の駄菓子屋にやってくることはないので気づかなかった。そしてこの地域の子どもなら、同じ学校に通っている可能性が高いのも道理だ。

「うん。江平さん、今日、給食残してた。こっそり袋に入れてた」

「袋って、ビニール袋とか？」

こくりと翔琉はうなずいた。

兄妹喧嘩の原因となった野菜炒めの一件。ビニール袋に入れられた給食。

もしかして……、ひとつの可能性が思い浮かぶ。

だとすればけっして子ども特有の変なこだわりではなく、凜には明確な目的があったことになる。ただ、そうなると少しばかり危険なことにも思えた。

しかも、ふたつの意味での危険を内包している。命に関わる問題だ。

くしくも兄の横槍（よこやり）で未遂に終わったけれど、今後も同じ過ちを繰り返す可能性はある。

「どうしたんだい？」

祖母の問いかけに、わたしは決意を込めてうなずいた。

「凜ちゃんをほっとくわけにはいかなくなった。なにしろ、命がかかっているから」

熱くこぶしを握りしめるわたしを、祖母と翔琉がぽかんと見つめていた。


「ゆうちゃん、ばいばーい」

「ばいばい、またねー」

住宅地にある小ぶりなビルから吐き出されてきた小学生が別れのあいさつを繰りひろげていた。こういう無邪気な別れの言葉を口にしたのはいつが最後だったろうと考える。

大人になると友人と会うときでもいろんな段取りが必要になり、子ども時代のように当たり前に会って別れるという行為からかけ離れていく。会うことの重みが増すぶん、別れる重みも増してしまう。学校帰りの「ばいばい」のような気楽さは望めない。

いやいや、とかぶりを振ってノスタルジーを振り払った。大事な使命があるのだ。いまは余計なことを考えている場合ではない。

土曜日の午後五時。ビルの前でたむろしている小学生の一団は学習塾の帰りだ。江平凜はここで毎週土曜日、英語の塾に通っているという情報を突き止めていた。ま、福斗から聞いただけなんだけど。

本日も仕事熱心な夏の太陽は手を抜かずに働いている。

日傘の下でも滲(にじ)みつづける汗をハンカチに吸わせながら、少し離れた電柱の陰に身を潜め、小学生の群れをさりげなく観察する。中年男性なら不審者として秒で通報されそうなシチュエーションだけれど、うら若き二十代女性ならギリセーフだろうと判断している。まあ、いちおう顔見知りだし、最悪でも御用にはならないはずだ。

「あっ、来た!」

口の先で小さく叫ぶ。

凜がふたりの女の子とともに路上に出てきた。そのうちのひとりとは入口で別れ、残るふたりは連れだって歩きはじめた。凜の自宅がある方向だ。

電柱の陰から出て、そっとあとをつける。ふたりはおしゃべりに夢中で気づかれる恐れはなさそうだった。

五分ほど歩いた十字路で、ふたりも手を振って別れた。ここから先は自宅の方向が違うのだろう。

ところが次の十字路で凜は、はたと足を止めた。警戒するように周囲を見渡す。慌てて日傘で顔を隠し、不自然に思われない程度にゆっくりと歩く。彼女が警戒しているのはおそらく友人や顔見知りの存在で、ただの通行人と思ってもらえれば問題はないはずだ。

再び足音が聞こえ、そっと日傘の下から窺った。

彼女は明らかに自宅とは違う方向に向かっていた。予想どおりの展開に確信を深めつつ、尾行を再開する。

この先、彼女はさらに警戒を強めるはずだ。うしろを振り返られると尾行が露見する危険があり、見つかったら見つかったときだと腹を括っていたけれど、幸いにも彼女は前だけを見て歩きつづけた。

やがて住宅街にぽっかりと存在する空き地に辿り着いた。かなり長期にわたって放置されているのだろう、敷地にはひざくらいの高さの雑草が生い茂っていた。道路との境界には木杭が打たれ、鉄線が巡らされている。ただし所有者を示すような看板や貼り紙は見受けられなかった。

凜は空き地の前で立ち止まり、再び周囲を窺った。

もしこのとき見つかれば、先ほどと同じ女性が路上にいることを大いに不審がられただろう。けれどわたしは凜の行動を予知して、素早く手前にあった門柱の陰に隠れていた。事前の推理や彼女の様子から、目的地はこの空き地ではないかと予測できたからだ。

草を踏む音が聞こえ、門柱からそっと顔を出す。路上に凜の姿はなかった。空き地のなかに入ったのだろう。

彼女は野良猫や野良犬にこっそり餌をあげているのではないか、と推測していた。自宅での食事や、給食を残したのはそのためだ。あとで食べようと思うものをビニール袋などには入れないだろうし、ならば動物に与える餌だと考えるのがもっともらしい。

江平家はマンション住まいで、犬や猫などのペットが飼えないことも兄の福斗に確認済みだ。自宅では飼えないため、見つけた捨て猫にこっそり餌を与える、というのは小学生ならば充分にありそうなことだった。

とはいえ捨てられたペットにしろ生来の野良にしろ、勝手に餌を与えることにはいろんな問題があるし、危険もある。

さらには動物の命に関わる懸念もあった。犬や猫には玉ねぎなどのネギ類を与えてはいけない。中毒症状を起こしてしまうからだ。

先週出された江平家の野菜炒めにも玉ねぎが入っていたと福斗に確認している。凜がそのことを知らない可能性は高い。

いずれにしても幸福な結末にはならないと思える問題だけれど、放置しておくことはできなかった。そして彼女を説得するためには、現場を押さえる必要があると考えた。

とはいえ平日は仕事があるし、必ず学校帰りに寄るとはかぎらない。土曜日なら休みだし、野菜炒めを残そうとしたのも土曜日の昼食だった。塾帰りがいちばん間違いのないタイミングだろうと踏んで、こうして彼女のあとを追ってきたのである。

この空き地に、凜が密かに〝飼っている〟動物がいるのは間違いない。

門柱の陰から出て、わたしも空き地へと向かう。木杭に渡された鉄線は間隔が広く、大人でもくぐるのは容易だった。完全に放置されている土地のようだし、私有地への不法侵入である点はお目こぼし願いたい。

すぐに空き地の端にしゃがんでいる凜を見つけた。

鳴き声は聞こえないけれど、「どう、おいしい？」と話しかける声が聞こえる。今日も持ってきた食べ物を与えているようだ。

「凜ちゃん」

声をかけると、はっと彼女は振り向いた。すぐには誰だかわからない様子で戸惑った表情を浮かべたものの、やがて気づいてくれたようだった。

「うん。駄菓子屋かすがいのおばちゃん。楓子、っていうんだけど」

「楓子、さん……？　なんで……」

凛の戸惑いはつづいていた。

さて、餌をやっていたのは犬か猫かと覗き込む。今度はわたしが戸惑う番だった。

タヌ、キ……？

凛の前には排水溝のような、思いのほか深い溝がある。そのなかでこちらを見上げているのは明らかに犬や猫ではなく、タヌキと思しき動物だった。子ダヌキであろうか、とても小さくかわいらしい。黒々としたつぶらな瞳には、守ってあげたくなる汚れなき光が宿っていた。

「タヌキ？　タヌキに餌をあげてたの？」

半ばひとり言のように問いかけると、うん、と凛は返事をした。

「ここから、出られなくなったみたいで」

そういうことか、と排水溝を見やる。いまは完全に使われていないようで、左右ともに行き場がなく塞がっている様子だった。そのため蓋の外れた部分が落とし穴のようになっている。その穴に子ダヌキは落ちて、脱出できなくなった。

先週、凜は友人とともにこの子ダヌキを見つけた。彼女は助け出そうとしたのだが、野生の動物に触っちゃいけないと友人に止められ、断念したらしい。けれどほっとくこともできず、毎日のようにやってきては、餌を与えていたようだ。食事の残り物を用意できなかったときは、冷蔵庫からこっそりソーセージを拝借したり、お小遣いで買ったこともあったという。

ともあれ友人の助言は正しく、軽率な行動に出なかったことは幸いだった。たとえ犬猫でも野生と化した動物はどんな病気を持っているかわからないし、万が一にも噛まれたりしたら大変危険だ。たんなる怪我では済まない場合もある。近距離で頻繁に接することも、本来はよくないことかもしれない。

「それはさておき、タヌキだったら玉ねぎも大丈夫なのかな」

漏れたひとり言に、凜は首を傾げた。わたしはここに来た理由を説明する。ネギ類が中毒を起こすことはやはり知らなかったようだ。

「そっか。犬や猫に玉ねぎはダメなんだ……」

「うん。あとはチョコレートとか、イカやタコなんかもね」

「タヌキは?」

「えっと、タヌキは……」スマホで調べる。「大丈夫、そうかな。とくに問題はなさそう。でもね――」

　凜の隣にしゃがみ、彼女を真正面に見据える。

「野良猫も含めてなんだけど、野生の動物に勝手に餌をあげるのはよくないことなの」

「なんで？」

　純粋な瞳に見つめられ、言葉に詰まる。

　この先は、とてもセンシティブな問題だ。まさかタヌキとは思わず野良猫の扱いしか調べていなかったけれど、餌やりを善とするか悪とするかはさまざまな意見に分かれている。大人とて、なにが正解かはわからない。

　ただ、野良猫に迷惑を受けている人がいるのは事実で、自治体によっては餌やりを禁じている場合もある。自己満足のためだけの、安易な気持ちでの餌やりはやはり控えるべきだろう。

「ひとつ質問だけど、もし穴に落ちていたのが野良猫だったとしても、同じように餌をあげてた？」

　うん、と凜は躊躇なくうなずいた。

「だってかわいそうだもん」

とても素直で、まっとうな気持ちだと思う。

「凛ちゃんがそう感じたのはいいことだと思う。正しいことだと思う。でも、いつまでつづけるつもりだったの」

それは……、と彼女は俯いた。責めているわけではないと伝わるよう、優しく語りかける。

「繰り返すけど、穴に落ちた動物をかわいそうだと思って、餌をあげた凛ちゃんの気持ちは正しいと思うの。でも、最後まで責任を持つことはできないよね。こういう状況でなかった場合も含めてだけど、たとえば勝手に餌をやっていた動物がほかの人に迷惑をかけていた場合でも、やっぱり凛ちゃんは責任を持てないよね」

「うん……」

悲しげに俯いた凛の肩に、静かに片手を載せた。

「でもさ、今回の場合はわたしとしてはよかったと思うよ。なにも考えずに安易に餌を与えるのは、やっぱりよくないとは思うんだ。人と動物は住む世界が違うし、接し方には慎重さが求められる。でも、この子ダヌキは閉じ込められてしまっていたわけだし、緊急避難としての餌やりは正しいことだったとわたしは思う」

「きんきゅう……？」

「えっと、つまり、とりあえずオッケーってこと」

そう言って笑うと、凜の表情も和らいだ。とはいえ、とまじめな顔に戻る。

「野生の動物はいろんな病気を持っているかもしれないし、密接な関わりはやっぱりよくなかったと思う。大人の人に相談するべきだったかな」

「うん……」

寂しげにうなずく彼女の気持ちは痛いほどわかる。自宅でペットを飼えない代わり、ここで子ダヌキを育てている気持ちだったのだろう。だからこそ彼女は誰にも見つからないよう密かにこの場に赴いていた。この子ダヌキを独占したかったのだ。

けれど相手は野生動物だ。そもそも許されざる関係だったのは間違いない。

あらためて、こういう場合の対処法をスマホで調べた。

なんとなくは知っていたけれど、やはり東京都内にはかなりの数のタヌキが生息しているらしい。一時期話題になったハクビシンなどもだ。

そして野生のタヌキに出会ったときの対処は、基本として「放置」だそうだ。捕獲や駆除の必要はなく、餌をやってもいけない。

救助の必要がある場合でも、勝手に捕獲すると鳥獣保護法に触れる可能性がある。

もちろん危険も伴うので、しかるべき機関に連絡するのがいちばん間違いがない。ただし触れずに逃がしてあげられるのなら、その手助けをするくらいは問題がないようだった。

目の前の排水溝を覗くと、子ダヌキは少し離れた場所から窺うようにこちらを見やっていた。相変わらずくりくりとした瞳がかわいらしい。

「凜ちゃん、この子ダヌキ、助けたいよね」

「うん」

「よし、じゃあ木の板を探そう！」

軽快に言って立ち上がった。

ふたりで空き地を探索すると、ちょうどいい木の板が見つかった。これを蓋に引っかけるようにして、斜めに排水溝にかけた。この板を上れば子ダヌキでも脱出できるはずだ。

少し離れて見守っていると、警戒した様子で子ダヌキが板を上ってきた。わたしたちを見つけ、しばし視線を交わしたあと、たたっと逃げるように去っていった。

あっ、という凜の小さな叫び声が、夕焼けに染まりつつある空き地に悲しく漂う。伸ばした小さな手は虚空だけを掴んでいた。

こうして一週間あまりにわたる凜と子ダヌキの物語は終焉(しゅうえん)を迎えた。

タヌキという結末は予想外だったけれど、野良猫で保健所に連絡することになるより、野生に戻せてよかったと思うことにした。

今晩のかすがい食堂はいつになく大賑わいだった。翔琉に加え、江平福斗と凜のふたりも加わっているからだ。

買い出しを終えた食材をテーブルの上に並べ、手を叩く。

「はいはーい。今日は人数も多いし、料理は分担してもらうからね」

「え！」と福斗が驚いた声を出す。「料理も手伝わされるの？」

「そうだよ。聞いてなかった？」

「聞いてなかった」

「大丈夫。今日はとても簡単だし、凜ちゃんといっしょにやってもらうから」

めんどくさそうに顔を歪める福斗がかわいらしい。

先日のタヌキの一件は事の次第をすべて、凜の母親にも伝えた。一歩間違えば厄介なことになったかもしれない出来事で、親の耳にはきちんと入れておくべきだと考えた。

ふくふくとした体格の母親はとても気持ちのいい人物で、わたしの対応をとても感謝してくれた。凜の気持ちも理解してくれて、小鳥やハムスターなど、マンションでも飼える動物について検討すると言ってくれた。生き物や命との付き合い方を親子で考えるきっかけになってくれれば、わたしとしても嬉しかった。

母親にはさらにかすがい食堂の説明をして、せっかくの機会だし、ふたりにもいちど参加してほしいと伝えたら、喜んで了承してくれたのである。

凜が兄との関係でぎくしゃくしたのは、餌用に分けておいた野菜炒めを勝手に取られたことがきっかけではあったけれど、理由を説明できない気まずさ、隠し事をしているうしろめたさも大きかったようだ。

兄妹であれば今後も喧嘩したり、仲違いしたりもするだろう。ひとりっ子のわたしとしては、この機会にふたりに伝えたいことがあった。かすがい食堂に呼んだのはそのためだった。

子どもたち三人に役割分担とやってもらうことを伝える。

先ほどの言葉に嘘はなく、今日はとても簡単な料理だ。

名づけて《鶏がら風味の兄妹そうめん》である。

夏らしく、そうめんにしてみた。ネットで見つけたレシピに、少しアレンジを加えた変化球そうめんである。王道もいいけれど、そのほうが子どもたちも喜んでくれると考えた。

まず、ゴマ油に鶏がらスープの顆粒を加えて溶く。茹でたあと水気を切ったそうめんに、それを絡める。そしてそうめんをひとりぶんずつ皿に盛り、中心に卵黄、周りにゆで卵の輪切り、肉そぼろ、刻みのり、ネギをトッピングすれば完成だ。

最初は億劫そうにしていた福斗も、すぐにほかのふたりとともに料理を楽しそうに手伝ってくれた。

祖母がつくってくれた副菜のコロッケと、トマトとキュウリのサラダも完成し、テーブルに運ぶ。

「いただきます！」

元気な声、控えめな声が混じりながらも、五人のいただきますが部屋に満ちる。いつになく狭苦しいけれど、こんな賑やかな食卓も久しぶりだ。

見慣れない調理法のそうめんに、ややおっかなびっくりといった様子だった子どもたちも、口に含むなり喜びの表情を溢れさせた。まっさきに声を上げたのは福斗だ。

「なにこれ！　旨い！」

「うん。おいしい」

凜もつづく。顔いっぱいにおいしさがひろがっていて、わたしも嬉しい。翔琉の表情にも満足感があった。微妙な変化だけれど、だいぶわかるようになってきた。

福斗が感心したように言う。

「鶏がらスープとそうめんって、こんなに合うんだ」

こういう言葉が出てくるのも、料理を手伝って、どんなふうにつくられたのかわかっているからだ。実際に鶏がらの風味とそうめんとの相性は抜群で、ラーメンとはひと味違う食感も楽しめる。ここに卵黄のまろやかさが加わり、肉そぼろが満足感を高め、ゆで卵がアクセントを加えてくれる。

今回、卵黄とゆで卵と、二種の卵素材をトッピングしたのには意味があった。

わたしはおもむろに口を開いた。

「今日の料理は《鶏がら風味の兄妹そうめん》と名づけたの。ほら、鶏肉と卵で親子丼って言うでしょ。なら、卵黄とゆで卵と、二種類の卵料理を使ってたら兄妹かなって」

「なにそれ、こじつけじゃん」けらけらと福斗が笑う。

「親子丼だってこじつけだし」とわたしも笑った。「でね、おんなじ卵だけど、卵黄とゆで卵はまるで違うでしょ。食感も、役目も、味わいも。きょうだいもそうだと思うんだ。おんなじ血が流れていても、やっぱり別の人間だから性格は違うし、考え方も同じじゃない。だから、ときにはお互いのことが理解できなくて、衝突したり、喧嘩したりすることもあると思うの。

でも、別の食感や味わいの素材があるからこそ料理はおいしくなって、豊かになるように、いろんな人間がいるから世の中は楽しいし、豊かになると思うんだ。とくにきょうだいは絶対に代わりのいない、かけがえのない存在なんだよ。わたしなんかひとりっ子だから、きょうだいがいるってだけですごく羨ましい。だからさ、ふたりもずっと仲よくしてほしいなって思ってる」

用意していたセリフを語り、やりきった感で福斗と凜を見やる。しかし想定していた感動に打ち震える姿ではなく、ふたりとも困り気味の微妙な表情を浮かべていた。おかしい。練りに練った、料理に絡めた感動のセリフだったはずなのに……。

くふっ、と小さな笑いをこぼしたあと、祖母の朝日が継ぐ。

「まあ、あれだ、きょうだいなんて喧嘩するのは当たり前だよ。なにを取っただの、勝手に使っただの、どっちが先だの、どれがいいだの、ほんっとうにくだらないことで喧嘩するからね。よくそんな理由で喧嘩できるねと、逆に感心しちゃうくらいだよ。だからね、喧嘩するのは仕方のないことだし、べつにいいと思うんだ。ただ、いまはよ。

まだピンとこないかもしれないけど、相手を思いやる気持ちだけは失っちゃいけない

　大人になって、完全に縁が切れたままのきょうだいも実際いるの。それは本当に悲しいことだし、とてももったいないことだと思う。楓子が言ったように、きょうだいがかけがえのない存在なのは間違いない。これから何十年と大きな力になるし、支えにもなる。それを失うのは大きな損失だからね」

　ふたりともいまはまだ理解できないかもしれない。それでもわたしや祖母の言葉が心の片隅にでも残ってくれれば、充分だろう。

　ひとりっ子だからこそ強く思う。きょうだいがいるのは本当に幸せなことなのだ。

　わたしは隣に座る福斗の頭にポンと手を載せた。

「とくに福斗くんはお兄ちゃんなんだから、凜ちゃんを大事にしなきゃダメなんだよ」

　わーってるよ、と小声で照れくさそうに彼は言い、思わずわたしは微笑（ほほえ）んだ。

　その後、サラダの野菜を兄妹で融通し合っている姿を見ながら、わたしが案ずる必要もなく、このふたりはきっと大丈夫だろうなとも確信した。

　その後もいつも以上に会話の弾む、賑やかな食事がつづいた。

翔琉は積極的に会話に加わっていたわけではないけれど、いつもより表情が和らいでいるように見えた。

もう少し人を増やすべきなのかな、という思いがよぎる。食卓は賑やかなほうが楽しいし、食事もおいしくなる。翔琉にとってもそのほうがいいはずだ。

とはいえ、どうやって増やせばいいのか。

できれば必要とされている子に食事を提供したい。スペースの問題や、家庭的な運営方針を考えれば、オープンな子ども食堂の形式は難しいからだ。わたしと祖母の、肉体的、金銭的な負担もある。無理をして破綻してしまい、かすがい食堂が失われてしまっては元も子もない。翔琉のためにもそれだけは避けたかった。

うーん、と思わず唸ったわたしに、「どうしたの?」と翔琉が声をかけてくれる。

「難しい顔してる」

「え……?」反射的に言い繕う。「あっ、いやさ、次の献立はどうしようかなって」

「久しぶりに魚が食べたい」

「あぁ、いいね! そういやちょっとご無沙汰だもんね。うん、次は魚料理にしよう。なにがいいかなー」

答えながらわたしは小さな感動を覚えていた。彼が料理のリクエストをするのは初めてだったからだ。

食べたいものがある、というのは当たり前のことではなく、育むべき大事な感性のひとつなのだ。少しずつ、けれど着実に翔琉も変わりはじめている。

いまの時期だとどんな魚がおいしいのかなと考え、自分もまた、変わったなと自覚する。会社でがむしゃらに働いていたときは魚の旬を考えることはおろか、わたし自身、なにを食べたいなどと考えることもほとんどなかった。

「アユとかどうかな。シンプルに塩焼きで！」

人差し指を立てながら、自然と笑みがこぼれた。


その日の夜、江平家に奇妙な客人があったことを、後日福斗は教えてくれた。

対応した母親によると、薄汚れた服を着た、背の低い、ずんぐりむっくりとした男だったらしい。二十代のようにも、四十代のようにも見えたという。

男は「先日、リンさんに大変お世話になった」と言い、そのお礼として段ボール箱を差し出した。母親はなにがあったのかや、素性を聞き出そうとしたが、男は曖昧に言葉を濁して去っていったという。

そのあと母親に問われた凜は、こう答えた。

「空き地で困っていた子がいて、助けてあげたの。たぶん、その子のお父さんじゃないかな」

段ボール箱のなかには土にまみれたたくさんの野菜が入っていたらしい。その野菜は、たいそうおいしかったそうな。どんぴんからりん。

第三話　呪われた少女が望んだもの

遠くを走る車の音、通りすぎる自転車の音、風に乗って届く誰かの声、名も知らぬ鳥の鳴き声などが、ときおり迷い込み、店内を舞っている。わたしは緩慢に本のページをめくりながら、あくびを嚙み殺していた。

『駄菓子屋かすがい』は秋を迎えた穏やかな陽の光に満たされていた。

小学校や中学校が放課後を迎えるまで、駄菓子屋は忙しくはない。

もちろん小売店を営むうえで接客以外の業務も細々とあるし、世間で思われているほど暇ではないとしても、うちは小さな店だし、勤め人が羨む程度にはのんびりしているのも事実だろう。

空いた時間、わたしは主に本を読んでいる。

小説、レシピ本、ノンフィクション、そのほかジャンル名はよくわからないけれど平易に書かれた、いわゆる物の本も読んだりする。その延長で、自宅でも休日や空いた時間に本を読むようになった。

人生で、これほど本を読んでいるのは初めてだと思う。

映像制作会社にいたころはあまりに多忙すぎて読書とは無縁だった。業務上の必要に駆られて大量の本を詰め込むことはあったものの、あれは機械的に情報を得ていただけで、読書とは呼べないものだ。

でも、その経験のおかげでいま、いろんな本に手を伸ばすようになったのだと思う。学生のころまでは小説以外の本を読むことはほとんどなかった。

書店や図書館でふと気になった本を手に取り、必要に駆られたわけでなく、まったりと読書に耽(ふけ)るのはいいものだ。ときには趣味に合わなかったり、ちっともおもしろく思えない作品に当たることもあるけれど、そんなときもあるさと気にならない。それはとても贅沢(ぜいたく)なことだと自覚している。

ふいに視界が暗くなり、戸口の気配を感じつつ顔を上げた。

奥の帳場に腰かけて読書に耽っていても、来客があれば光の加減ですぐにわかる。もっとも子どもたちであれば、近づいてくるときの話し声で先に気づくことのほうが多いけれど。

　顔を上げると同時に準備された「いらっしゃい」という言葉は、のどの奥に張りついたまま声帯を震わすことはなかった。代わりにわたしは目を見開いた。戸口に立っていたのが見知った人物だったからだ。

「荒木田(あらきだ)……さん？」

　疑問符がついていたけれど、もちろん彼が荒木田であることを疑う余地はなかった。こんなに顔の濃い日本人はそうそういない。以前の会社の上司であり、複雑な感情を抱く相手であり。

　疑問符の矛先は、なぜ彼がここにいるのか、だった。

　彼はドヤ顔で「よっ」と片手を上げると、店内を興味深げに見渡した。

「いやはや、ホントのホントに駄菓子屋じゃないか。ザ・駄菓子屋！　って感じの駄菓子屋だねぇ」

　駄菓子屋を三回も連呼して、「おっ、なつかしいね」と言いながら店内の駄菓子を手に取って封を開けている。小さな壺(つぼ)っぽい容器に入った、ヨーグルトふうというかクリームふうというか、謎の白いお菓子だ。

「ちょ！　商品に手を出さないでくださいよ！」

「久しぶりの再会じゃん。駄菓子のひとつくらい奢(おご)ってよ」

甘えるような声で言って、甘えるような顔で肩を竦(すく)める。

彼はもうすぐ五十に手が届こうかというアラフィフだ。並の男なら虫唾(むしず)が走るというか、心が冷える仕草とセリフだけれど、ハリウッド俳優かと思うくらい彫りが深い彼だと様になっているから腹が立つ。いや、見た目以上にイタリア人もかくやという陽気さゆえか。どっちにしろ腹が立つ。

でも彼の姿を戸口に認めたとき、驚きよりも先に、喜びを感じた自分がいた。理性を無視した感情を否定したくて、ことさらに大仰なため息をつく。

「嫌です。おっさんに奢りたくないです」おっさん、にアクセント。

「冗談、冗談。金はちゃんと払うって。こう見えてけっこう小金は――おおっ、変わってないねー。このざらざら感と、ジャンクっぽい味つけがたまんない」

謎の白いお菓子の正体はグラニュー糖とショートニングを混ぜたものだ。この仕事をはじめてから知った。

駄菓子をなつかしむ大人の笑顔は嫌いじゃないけど、いまはそれどころじゃない。突き放すような「で――」をひとつ。

「なにしに来たんですか。ここにわたしがいるってわかって来たんですよね」

「もちろん。きみのお母さんに聞いたら、ここで駄菓子屋のおばちゃんやってるっていうから驚いて、押っ取り刀で駆けつけたわけ」

「なにしに来たんですか、とわたしは聞いたんです。珍しいパンダを見にきたんですか」

「そんな怖い顔しないでよ。仮にもかつての上司じゃない」

「そうですね。かつての上司ですよね。つまりいまは無関係」

「たしかに。いまはもうムカンケイではあるよね」

言外の意味を匂わすように「無関係」を強調して荒木田は言う。

胸の奥で、何度ついたかわからないため息をつく。あの時期のわたしは完全に錯乱していたのだ。

「用がないなら帰ってもらえますか。こう見えてけっこう忙しいんですよ」

「小説読んでるのに？　あっ、それ、百合でクローズドサークルのやつだよな。おもしろい？　俺も読もうかなって思ってたんだけど」

心の底から冷えた視線を送ると、荒木田は今度こそ「や、まじめに話す、まじめに」と片手を上げた。

どうやら撮影のために借りた着ぐるみ衣装の案件で確認したいことがあり、わざわざ実家に連絡を取って駄菓子屋かすがいまでやってきたようだ。

　思い出せるかぎりのことを伝えたものの、電話でも事足りる、わざわざ訪ねてくるほどの用事ではなかった。荒木田の真意がほかにあるのはたしかで、わたしのことを心配してくれているのだろうかとも思う。

　体裁だけの用向きを終えると、探るような口調で彼は言った。

「どうなんだ、駄菓子屋の……店員は？」

「おばちゃんでいいですよ。ていうか、さっきおばちゃんって言ってたじゃないですか。まあ、けっこう楽しいですね。意外とわたし、子どもの相手をするのが合ってるみたいで」

「そうか――」細めた荒木田の目が、ふいに艶っぽい色を帯びる。「どうだ、うちに戻る気はないか」

　どきん、と胸を打ちつける鼓動があった。荒木田の声は真剣そのもので、ふだんとのギャップをズルいと思う。

　あの場所に戻りたいと思ったことなど、辞めてからいちどもなかったはずだ。

　でも心の片隅で、荒木田の言葉を嬉しく思っている自分がいた。

　大学時代、わたしは映画研究会に所属していた。映画をつくりたいというより、ドラマをつくりたいという気持ちが強かったように思う。それもスタッフとして、だ。

常に人手の足りない映研の撮影ではキャストとして出演することも多く、演技のセンスは悪くなかったと自負しているけれど、役者への憧れは不思議なほどなかった。本気でプロの俳優を目指している人たちを間近に見て、次元の違いというか、バイタリティの違いを感じたのも大きい。

就職活動ではテレビ局はもちろん、映画関係や、映像系の制作会社にも手当たり次第応募した。しかし、ことごとく玉砕した。やっぱりマスコミ関係は人気が高かったし、わたしのような二流大学出にとっては狭き門だった。半ばあきらめかけたとき、なんとか小さな制作会社に潜り込むことができた。

ゴールデンはもちろん、深夜帯や地方やBSのドラマを撮ることも叶わなかったけれど、企業や官公庁のビデオ制作や再現VTRなどでもドラマ仕立てのものを撮る機会は意外と多かった。テレビ局の下請け、孫請けの仕事などで、名の知れた芸能人に会う機会もそれなりにあった。

下っ端も下っ端、アシスタントディレクター（AD）という名のたんなる雑用係ながらもやりがいはあったし、楽しくもあった。いずれは自分の手で納得のいく映像作品を、という夢も持っていた。

ただ、夢を見つづけるにはあまりにも過酷な仕事だった。

ＡＤに人権など存在せず、まともな休みも睡眠も取れず、身体的疲労が慢性化した状態で仕事をつづけていると、今度は心が削られていく。仕事量に見合う給料が得られていたとも思えない。

このままでは体と心が壊れてしまうと考えはじめた三年目、ロケ地の山で足をすべらせて転落。

幸い大事には至らなかったものの、病院のベッドで目覚めたときに心が折れた。いや、正気を取り戻したというほうが正確か。極度の疲労と寝不足が一因になったのは間違いなく、取り返しのつかない事態を招く前に逃げ出すべきだと。

そうして今年の三月に制作会社を辞め、実家で無為徒食の日々を送っていたとき、祖母から「うちの店をやらないか」と言われたのだ。ちょうどそのころ祖母は店を畳んで隠居することを考えていたらしい。

悩んだ末、申し出を受けることにした。いつまでもぶらぶらしていても仕方がないし、やりたいことが見つかったら引き留めはしない、という祖母の言葉が決め手だった。そして今年四月から「駄菓子屋のおばちゃん」に収まったわけである。

もちろん――、とつづけられた荒木田の言葉が耳朶を打つ。いつにない真剣な声音だった。

「以前のような激務にはしないと約束する。以前からいまのままではダメだとはわかっていたんだ。じつは先日も体を壊した社員がいてね、ようやくうちも職場環境の改善に本気で取り組みはじめたところなんだ。

遅きに失したことは認める。ただ、改善のためにはやはり人手が必要になる。それもできれば経験者が。とはいえ、業界の厳しさは相変わらずだ。そのぶん給料に関しては少し我慢してもらうことにはなる。しかし、それもいずれは改善できるよう努力するし、必ず実現可能だと考えている。俺を信じて、もういちどうちに戻ってきてくれないか」

そう言って荒木田は深々と頭を下げた。

パフォーマンスでないことはわかった。給料のことを含めて誠実さも感じられた。でも、いや、だからこそ、もういちど「ズルい」と思った。

また、映像制作の現場に戻る。

昔から目指し、憧れていた場所で、いちどは叶え、断念した場所。

辞めて半年以上がすぎ、苦労や過酷さの記憶は少なからず薄らいでいる。本当に職場環境が改善されるのなら、戻ってもいいかなと思いはじめている。

いや、正直になろう。

わたしは戻りたいと思っている。

でも、気持ちのままに答えるほど若くもなかった。いま気持ちに流されたらきっとまた後悔すると、経験という名の臆病さが引き留めてくれる。脳裡(のうり)には翔琉の姿も浮かんでいた。

「答えは、少し待ってもらってもいいですか」

「もちろんだ。いまの仕事をすぐにほっぽりだしてくれと言うつもりはない」

「ありがとうございます。仕事、と呼べるかどうかはわからないですけど、わたしを必要としてくれる子もいますし」

「子?」

「じつはわたし、料理に目覚めたんです」

いたずらっぽく笑う。

翔琉という少年との出会いから、見るに見かねて食堂の真似事(まねごと)をはじめたこと、母親とのバトルなどを語って聞かせた。荒木田は思いのほか興味津々といった感じで聞き入っていた。

「そいつはおもしろいな。しかしきみが料理をしているとは……」

荒木田はニヤニヤと笑った。食や料理とはまるで無縁の生活を送っていたことは彼も知るところだ。

「旬の食材とか、栄養とかもずいぶん勉強しましたからね。荒木田さんのことだから、相変わらずカレーばっか食べてんでしょう。ダメですよ、一日三十品目です」

「耳が痛いな」

荒木田の笑い顔は相変わらず少年のように無邪気で、胸の奥がじくりと疼く。

「あっ――」荒木田はふいに眉根を寄せて中空を見上げた。「ああ、そうだ。間違いない。彼女はこの近くだったな」

意味の掴めないひとりごとをつぶやいて、真顔のままわたしを見つめる。

「上村夏蓮って覚えてるか？」

「あっ、はい。子役の女の子ですよね、中学生の」

彼女のことはよく覚えていた。飛び抜けて美形だったりスタイルがよかったりしたわけではないけれど、かわいらしい女の子だった。演技力が抜群で、頭がよく、人当たりのいい性格なのでスタッフに愛されるタイプの子だ。

企業のサービス紹介やPR用の映像、官公庁の啓発映像など、中学生の女の子役が必要なときはたびたび使われていた。少なくとも五回はいっしょに仕事をしたはずだ。

すぐに気心も知れて、空き時間などに雑談を交わしたりと、現場ではわたしのことを慕ってくれていた。

「彼女はもう、事務所を辞めて、役者も辞めたらしい」

「ああ、そうなんですね」

そういえば辞める前の半年以上、彼女とは会っていなかったなと思い出す。

子役の将来を予測するのは難しい。どれだけ美しくても、演技力があっても、性格がよくても、消えていく子はあっさりと消えていく。本人の資質はもとより、周りの環境を含めて成長に伴う変化が大きく、影響も受けやすいからだ。逆に子役時代はパッとしなかったものの、その後俳優や声優としてブレイクするケースも少なくない。

だから残念には思ったものの、意外だというほどではなかった。

どうして彼女の話を、と眉を寄せて問いかけると、荒木田は小さくうなずいた。

「その理由というのが、拒食症らしい」

「拒食症？」

聞いたことはあるけれど、そのわりに明確なイメージの湧きにくい病気でもあった。

「俺も詳しくは知らない。先日、それで事務所を辞めたと聞いたんだ。辞めたのは、あるいは辞めさせられたのは、もうけっこう前らしいが」

先ほどの、彼のひとりごとを思い出す。

「彼女の自宅は、この近くなんですね」

「たしかそのはずだ。本人がそう言っていたのを覚えてる。徒歩で行ける距離かどうかまではわからんが」

わたしが翔琉の話をしたことで、子どもと食の連想から上村夏蓮のことを思い出したのだろう。

「彼女の連絡先、わかりますか」

深い考えもなく、気づけば口にしていた。

個人的な付き合いはなかったけれど、知り合いと呼べるくらいには現場で親しくしていた相手だ。ほっとくことはできなかった。


夏蓮との待ち合わせは駄菓子屋かすがいの最寄りから、ひとつ隣の駅前だった。

十分前には着いていて、改札前にある大きな柱に身をもたせかける。

荒木田から教えてもらった電話番号にかけて、かつての会社名とともに名乗ると、すぐに彼女は思い出してくれた。現場で親しくしていたとはいえ、彼女にとってのわたしはあくまで一スタッフにすぎないので、正直嬉しかった。

すでに制作会社は辞めて、いまは完全に業界から離れていることを率直に伝え、個人的に会えないかと切り出した。彼女が事務所を辞めたことや、拒食症のことを聞いたとは告げなかった。けれど聡い彼女ならおそらくは察したはずだ。それでも二つ返事でオッケーしてくれて、今日の待ち合わせとなった。

もしかするとわたしがすでに業界を離れていることが、かえってよかったのかもしれない。

「楓子さん」

突然名前を呼ばれ、声のほうを見やった。

思わず息を呑みそうになり、すんでのところで踏みとどまる。

想像以上に彼女の容姿は激変していた。病的なほどにげっそりと痩せている。道ですれ違えばつい二度見して、けれどいたたまれず目を逸らしてしまうような面貌だ。

わたしの知る彼女は太りすぎず痩せすぎず、ふっくらと健康的な容姿をしていた。とはいえ夏蓮だとわかって見ればたしかに面影は残っていて、それゆえにいっそう痛々しかった。

抱いた沈痛な思いや動揺がおもてに出ないように、ことさらに明るい声を出す。

「ああ、夏蓮ちゃん久しぶり。元気にしてた？」

「あまり元気では、ないですね」

「えっと、いくつになったんだっけ。中学、三年生？」

「いえ、今年から高校一年生です」

「そっか、もう高校生かー」

わたしのうわついた言葉を、「あの——」と夏蓮は強い調子で遮った。

「聞いたんですよね。わたしの、病気のこと」

かえって不自然だったよな、と反省しつつ、照れ隠しに頬をかく。

「あ、うん。まあ、そういうこと。それで、やっぱり、心配になって」

「ありがとうございます。あの、いまだから言えますけど、わたし、現場のスタッフでは楓子さんのことがいちばん好きで。好きというか、いちばん話しやすいなって思ってて」

「ほんとに？」

「はい、ほんとですよ。だから連絡いただけて、すごく嬉しかったんです」

彼女の言葉は、わたしのほうこそ嬉しいものだった。

ここに来るまで、少しばかり不安もあった。電話で話すかぎり普通だったけれど、やはり拒食症を患ったからにはあのころとは違っているのではないか、精神的に不安定になっているのではないかと。

けれど実際会って、話してみて確信できた。彼女はあのころとなにも変わっていないと。だから余計に、なぜ彼女が拒食症に陥り、克服できないままなのかと疑問を覚えた。

「とりあえず、カフェにでも行こうか。ファミレスでもいいよ。待ってるあいだに調べたんだけど、カフェだと――」

「あの、ごめんなさい。そういうところは行けないんです」

「行けない？」

「はい。だから、公園でもいいですか」

「あ、うん。もちろん大丈夫だけど」

先導する夏蓮のうしろで、わたしは小さく首を捻（ひね）った。

駅から五分ほどの場所にある、児童公園ほどは狭くなく、総合公園ほどは広くない、ほどほどの公園のベンチに並んで腰を落ち着けた。外周を取り囲む遊歩道は緑に包まれていて、都会にいることを忘れさせてくれる。

九月も半ばをすぎ、ときおり夏の名残を感じつつも日中でも過ごしやすくなってきていた。夏と冬の狭間の心地のよい時期であり、喧騒とは無縁の場所にいれば心が癒やされる。

「じつはいま、駄菓子屋のおばちゃんをやってるんだ」

「え？　本当ですか？」

彼女の話を聞く前に、まずは自分の近況を話すことにした。会社を辞めたあと、祖母のやっている店を継いだことを説明する。ただ、翔琉の一件からはじまる食堂のことはまだ伏せておいた。

「――それで先日、荒木田さんがうちに来たんだ。用件は大したことではなかったんだけど、そのとき、夏蓮ちゃんの話になって。それで事務所を辞めちゃったってことと、拒食症になったって話も聞いたんだ。それでやっぱり心配になってさ。近くに住んでることも知って、取るものも取りあえず連絡したわけなんだけど」

「ありがとうございます」

気詰まりな沈黙も覚悟していたけれど、夏蓮はすぐに明るい声で答えてくれた。

「わたしのことを覚えていてくれて、心配して連絡までくれたのは、本当に嬉しいです。ただ、ひとつ訂正はありますね。辞めたのではなく、辞めさせられたんです。あっ、事務所に恨みはないですよ。当然だと思いますから。こんな不気味な見た目の役者、使いたくても使えないですもんね」

自嘲気味に言って、あっ、と口の先でつぶやく。

「ごめんなさい。こういう自虐はよくないですよね。楓子さんもどう答えればいいか困るだろうし」

「いや、そんなことはないけど」

実際は彼女の言うとおりではあるのだけれど、肯定するわけにもいかない。そしてやはり彼女は聡明(そうめい)なままだと再認識する。

「あのさ、よかったらどうしてそういうことになったのか、教えてくれないかな。や、わたしはなんの専門知識もないし、役に立てるなんて思ってない。でも、もし、力になれることがあったらなりたいと思ってるし」

「やっぱり楓子さんは、優しいですよね」

わたしを見つめ、夏蓮がにっこりと笑う。げっそりと頬がこけた顔の、ともすれば痛々しい笑顔だけれど、わたしはそこに在りし日のかわいらしい笑みを見て、ひとつの安堵(あんど)を覚えた。

途中の自販機で買ったペットボトルのお茶でのどを潤す。

彼女はトートバッグから水筒を取り出し、口に含んだ。自販機でお茶を買うときに彼女のぶんも買おうとしたのだけれど、水筒を持参しているので、と断られた。

水筒の蓋を閉めながら、覚悟を感じさせる口調で告げる。

「もちろんお話しします。そのつもりで来ましたから。わたしがいまの状況になったきっかけは明白にあるんです。佐藤リムちゃん、覚えてます？」

「ああ、うんうん。同じ子役だった」

いかにも芸名といったカタカナの名前ながら、たしか本名だったはずだ。夏蓮と同じ事務所で、彼女もまた何度も仕事の現場で会っている。現場での評価でも、実際の仕事量でも、明らかに夏蓮のほうが上だったけれど。

「一年ほど前になります。ある撮影現場での休憩時間に、リムがふっと言ったんです」

——夏蓮といっしょの現場は安心する。

リムとは同じ事務所で、しかも同い年で、とても仲がよかった。学校の友達にも仲のいい子はいたけれど、子役という特殊な環境の話を気兼ねなくできるのは彼女だけだった。

だから夏蓮も「わたしもリムといっしょだと安心だよ」と返そうとした。しかしその前に彼女は思いがけない言葉をつづけた。

――あなたの横に並ぶと、あたしが細く見えるから。

「彼女の言葉に悪意はなかったと思います。仲のいい友達だからこそ、そんな軽口を叩いたんだと思うんです。でもそのときは予想外の理由に動揺して、言葉を返すことができませんでした。それまで自分の体型について深く考えたことは、まるでなかったですから」

すぐに撮影が再開されてそのままうやむやになったけれど、リムの言葉はずっと夏蓮の心に引っかかっていた。だから後日、事務所のマネージャーに思いきって彼女は尋ねた。わたし、太ってますか、と。

「マネージャーの答えはこんな感じでした。『太っているとまでは言えないけど、少しぽっちゃり系かもね。いまはいいとしても、今後、高校生を迎えるころには、もう少しスリムな体型を意識したほうがいいかもしれない。この仕事をつづけていくならね』」

まるで台本に書かれたセリフのように、大人の女性を想起させる口調で夏蓮は告げた。さすがの演技力だなと、わたしは変なところで感心していた。

ともあれ当時の夏蓮が太っていると、わたし自身は感じたことがなかった。一方で高校生となって〝子役〟から脱皮し、女優に近づくにつれモデルのような体型が求められていくのも理解はできた。もちろん女優といっても千差万別ではあるのだけれど、需要が高く、売りやすい、換言すれば多くの人が理想とする容姿は決まっている。

　このあとの楽しくないだろう展開に暗澹としつつ、引きつづき夏蓮の言葉に耳を傾ける。

「ふたりの言葉は少なからぬ衝撃がありました。だからダイエットを意識するようになったんです。とはいえ、闇雲に食事の量を減らしたり、特定の食品に依存するような不健康なことはしたくなかった」

「バナナダイエットとか」

「ですね。無理なダイエットはリバウンドの危険が高いですし、不自然な食生活で健康を損ねたら、本末転倒ですから。だからきちんとカロリーのこととか、栄養のこととかを勉強したんです。短絡的なダイエットではなく、無理なく、健康的に痩せることを心がけました」

　話を聞きながら、予想外の展開に少し戸惑う。

　彼女は思い詰めることなく、きちんと食と向き合っている。楽な道に逃げようとせず、正しいダイエットを目指している。夏蓮らしい、とてもしっかりした考えだなと思う一方、偏見かもしれないけれど拒食症に陥る女の子のイメージとはかけ離れたものに思えた。

「母にも協力してもらって食生活を見直しました。母も喜んで協力してくれて、二ヵ月もせずに効果は出てきました。全体的にほっそりとなったのは自分でも実感できましたし、なにより、いろんな人から『痩せたね』とか『きれいになったね』って言われるようになったんです。男女を問わず、好意的な反応が予想以上にたくさんありました。マネージャーにも『大人の美しさが備わってきた』って手放しで褒められました。他人から賞賛されるのは、やっぱり嬉しかったです」

夏蓮は自信を深めた。

あとはいまの体型を維持すればいいだけなのだが、それだけだとつまらないとも思いはじめていた。成功体験が相まって、食について学び、実践することがさらに楽しくなっていたのだ。

「食にまつわる情報は世の中に溢れています。そして触れるたび、調べるたび、いろんなことが気になるようになってしまったんです」

まずは農薬にまみれた野菜や果物を摂取するのが怖くなった。だからなるべく有機栽培の野菜を摂るように努めた。

次いで、食品添加物の危険性も気になるようになってしまった。

もちろんネットの言説を鵜呑みにせず、信用できる複数の情報源に当たった。農薬の使用には厳密な基準があって安全性は担保されているし、食品添加物が危険だと煽っているのは風説にすぎない、という情報も見た。けれどいったん気持ち悪さを覚えてしまうと、払拭することができなくなった。

「このころから、だんだんと食べることが怖くなってきました。このままではいけない、とわかってはいても、情報を求めることは止められなかったんです。手を伸ばせばすぐそこに情報はあって、我慢すると余計に恐怖心が膨らんでしまうんです」

一日三十品目、糖質制限、グルテンフリー、菜食主義やヴィーガン、食に対する考え方に触れるたびに、なにを食べたらいいのか混乱が増していった。

誰が、どんな食材を使い、どうやってつくったのかわからない料理を口にするのが怖くなった。結局、なにを食べても気持ち悪さを覚えるようになってしまった。

「人前ではなるべく普通を装っていました。でも食事のあと、トイレに行って、のどに指を入れてすべてを吐くようになってしまったんです。得体の知れない異物が体のなかにあるのが、どうしても我慢できないんです。自ら嘔吐するのは最初こそ罪悪感に苛まれましたが、すぐに癖になってしまって。当然、どんどん痩せていきました」

そうなれば嫌でも周りに異変は知れる。褒めそやしていた友人も、大人たちも、腫れ物に触るような態度を取るようになった。優しい人たちは助言もしてくれたが、残念ながら有用なものはなかった。

事務所からは無期限の休業を勧められた。事実上の契約解除だった。

「見た目以前に、とても仕事ができる状態ではなかったですから、当然の処置だったと思います。なにしろずっと体調不良に悩まされてましたから。生理不順、肌の乾燥、めまい、倦怠感、ほかにも山ほどあります」

「病院へは？」

ときおり相づちを打つくらいでずっと聞き入っていたけれど、思わず質問を挟んだ。

「行きました、何軒も。大きな病院から小さなところまで。両親もいろいろ調べてくれましたし」

たいていの医者は親身になって夏蓮の話を聞いてくれた。処方された薬も飲んだし、正常な考え方に戻すためにさまざまな療法も試した。最悪の状態からは抜け出したが、それでも抜本的な治療からはほど遠く、改善の見通しすら立っていないのが現状だという。

「ときどき、猛烈に菓子パンが食べたくなるんです。甘くて、いかにも体に悪そうなものが。そのたびに買い込んで、詰め込むように食べて、そしてすぐに吐くんですよ」

　そこで初めて夏蓮はぽろぽろと、静かな涙を流した。

「拒絶感と、嫌悪感と、罪悪感が入り混じった、とても複雑な感情で、死にたくなるくらいつらいんです。体に悪いものを食べてしまった後悔と、また吐いてしまった後悔とが、ぐっちゃぐちゃになって。自分でもなにが正解なのか、なにが正しいのか、どうすればいいのかわからなくて……」

　ひざの上でぎゅっと両手を握りしめ、夏蓮は体を丸めていた。

「楓子さん、わたし、どうしたらいいんでしょうね……」

　つい、目を逸らしてしまう。

　目の前にある大樹が、秋の風に揺られてわずかにざわめく。一枚の葉がひらりと舞った。

　彼女の説明はとても端正で、言いにくいであろうことも赤裸々に語っていた。自身の感情を含め、努めて冷静に経緯を見つめている。そうなるくらい、何度も何度も振り返り、自問自答を繰り返したのだろう。

　だからこそ、安易な言葉を口にできなかった。つらかったね、という言葉すら薄っぺらく思えてしまう。

　夏蓮がここに来た理由が痛いほどわかる。それだけ彼女は追い詰められているのだ。ふいに差し伸べられた手を、必死に摑(つか)んでくるほどに。

　悲しいほどに切なるその気持ちに応えたい。かつての仕事仲間であることを超えて、ひとりの人間としての気持ちだった。でも、医者ですら対処できない問題を、自分が解決できるわけがない。

　考えた端から言い訳じみた思考に嫌気がさす。

　わたしにできることは、きっとあるはずだ。

　夏蓮の語った言葉を反芻(はんすう)する。やるせなさしか覚えない話だった。

　なにより誰も悪い人がいないのが余計につらい。きっかけとなった佐藤リムの言葉にしても、多少の嫌味は含んでいても気の置けない友人同士の軽口にすぎない。

　マネージャーの言葉にも悪意はない。容姿至上主義(ルッキズム)の是非はともかく、痩せていることで持てはやされ、世の中で得をするのは厳然たる事実だ。芸能界にかぎった話でもない。ダイエットに協力した両親、痩せたことを褒めそやした友人や周りの大人たち、誰にも害意はない。

　言うまでもなく、夏蓮に非があったとは思えない。彼女はただ、健康的に少しだけ痩せようとしただけだ。にもかかわらず、不幸な歯車がいくつも嚙み合い、おかしな道に迷い込んでしまった。さまざまな情報に溢れた現代社会を憂えても意味はないだろう。

ひとつ言えるのは、夏蓮はとてもまじめだった。だからこそ世界の片隅にひっそりと穿たれていた、奇妙な落とし穴にたまたま捕らわれてしまった。

自分に、なにができるのか――。

答えは見つからないままに、それでもわたしは声を発した。彼女を救うことはできずとも、寄り添うことはできるはずだと信じて。

「駄菓子屋のおばちゃんをやってるってことはさっき話したけど、じつはもうひとつ、裏の顔があってさ。なんて言うと怪しげだけど、なんてことはなくて、食堂をやってるんだよね」

「食堂、ですか？」

「うん。子ども食堂のような、そうでないような、とにかくちょっと変わった食堂」

翔琉との出会いから食堂をはじめるに至った経緯に加え、江平兄妹との一件もゆっくりと語った。

楽しそうですね、と夏蓮は微笑みを浮かべた。

「大変なところもあるけど、楽しい場だとは自負してる。もしよかったら、夏蓮ちゃんもいちど覗(のぞ)いてみない？」

微笑みのまま、こくりと、彼女はうなずいてくれた。

風に乗って、公園で遊ぶ子どもたちの歓声が聞こえた。

遅ればせながら、拒食症について本で学んだ。

拒食症は正式には「神経性食欲不振症」という。心理的な原因で食事を摂ることを拒み、極度に痩せ細る病気である。

また、過食のあと、嘔吐や下剤の濫用などの行為を繰り返すのが「神経性過食症」、いわゆる過食症と呼ばれるものだ。これらは総称して「摂食障害」と呼ばれている。

摂食障害の症例は人それぞれ千差万別であり、拒食症と過食症の症状が混在しているケースも少なくない。そして根治は想像以上に難しいこともわかった。若い女性が圧倒的に多いものの、特定の環境にいる人や、特定の性向や嗜好(しこう)を持つ人が罹(かか)るわけでもない。状況次第で誰の身にも起こりうる病気だった。

上村夏蓮はなんら特殊なケースではない。

摂食障害を起こす理由や治療法は、医者や研究者によってさまざまな説が提唱されている。何冊かの本を読んでの率直な感想は「よくわからない」だった。人によって言っていることが違い、なにが正しいのかいまひとつ判然としない。それくらい摂食障害の研究は進んでおらず、医者にとっても、当人にとっても難しい病気なのだった。

なにが正しいのか、どうすればいいのか、とこぼした夏蓮の言葉は、嘘偽りのない魂の叫びだと理解できる。

奥の座敷で帳面をつけていると、『本日閉店』の札が掲げられた店の戸が、からからと音を立てて開けられた。おずおずと顔を覗かせた女の子が安堵の表情を見せる。

「楓子さん、今日はお世話になります」

「ああ、夏蓮ちゃんいらっしゃい。気を遣わないで、家での食事のような気持ちで参加してくれたらいいから。いちおう食堂だから三百円はいただくけどね」

「はい。ありがとうございます」

ほどなく本日の『かすがい食堂』のお客さま、翔琉と凜も揃う。

凜はタヌキの一件以来の参加だった。少しでも賑やかなほうがいいだろうと声をかけたところ、すぐに両親は了承してくれたようだ。

夏蓮には食事の楽しさを思い出してほしかったし、それがかすがい食堂でできる唯一のことだと思えた。

「よし。じゃあみんなで買い物に行きましょう！」

元気よく言うと、夏蓮だけが「おー」とこぶしを突き上げてくれて、自分だけが乗ったことを恥ずかしがっていた。

その様子に、胸がちくりと痛んだ。

まずはいつもの青果店に向かう。

事前に有機野菜のほうがいいのかと夏蓮に確かめたところ、いまはもうほとんど関係がないようだった。ただし少しでも安心を得るために、食材の購入から調理まで、きちんと見届ける必要がある。

したがって使用している食材や調味料、調理方法などが見えない普通の飲食店では食事ができないし、ペットボトルの飲み物でさえ口にしたくないようだ。出来合いのお弁当や惣菜（そうざい）などもしかりだ。

さらには食材も自分でつくるのが理想であり、実際に家庭菜園をしているらしい。

しかしマンションでは大した量は栽培できないし、育てられる食材もかぎられている。

その点かすがい食堂は買い物から調理までみんなでおこなうので、夏蓮にとっては打ってつけだった。提案に二つ返事で乗ってくれたのは、そういった理由も大きかったようだ。

　青果店で、ジャガイモ、玉ねぎ、ニンジンを購入する。

　今日のメニューはカレーだ。夏蓮と相談して決めた。

　口にしても気持ち悪くなりにくい料理は、食材の種類が少なく、調理もシンプルなものだとわかってきたらしい。安心しやすいからだと夏蓮は推測していた。

　カレーは野菜や肉を炒め、煮込んでルーを溶かすだけなので条件に適っている。なにより夏蓮にとってカレーは受け入れやすい料理なのだという。理由ははっきりとはわからないものの、昔から馴染んでいて、安心できる味だからかもしれないと語っていた。

　ほかに付け合わせとなるサラダ用にレタスとトマトを購入し、あとは牛肉と、市販のルーを買うだけだ。

　なるべく奇を衒わず、余計なものを入れず、簡素なレシピを心がけた。

　店に戻ってきて、祖母の朝日も加わってみんなで調理する。カレーはキャンプの定番であり、誰でも気軽につくれる料理でもある。奥が深い一方、適当につくっても確実においしい。

　夏蓮は摂食障害に罹る前、ダイエットを決意したころから料理をするようになった。

現在では当然のように自分が口にするものはすべて自分で調理しているので、腕前はたしかだ。翔琉や凜ともすぐに打ち解け、調理のほとんどは子どもたちにまかせることができた。今回ほど楽な日はない。

煮込む工程になって手が空いたときなども、夏蓮は積極的にふたりとコミュニケーションを取っていた。

「翔琉くんは学校の授業でなにが好きなの？」

「えっと、算数、かな」

「へぇ、すごいなー。理系なんだね」

「考えたら答えがわかるから、楽。覚えなくていい」

「頭いい人の答えだ。凜ちゃんは？」

「わたしは国語かなー。本読むの好きだし」

「わたしも本は大好きだよ！　どういうの読むの？　小説？」

「えっとね、最近読んでおもしろかったのは――」

夏蓮はずっと笑みを絶やさず、とても摂食障害に悩まされているとは思えない様子だった。こけた頬や、痩せ細った姿が嘘じゃないかと思えるほどだ。

たしかに彼女は元芸能人だし、社交性に富んだ子だった。

でも、わたしは気づいていた。夏蓮は無理をしていると。

かすがい食堂でなにかを摑めないかと藁にもすがる思いで期待している。自身を盛り上げるために、いや、自身を騙すために、必要以上に明るく振る舞っている。

改善に向かうきっかけの、ほんのわずかな欠片でもいい、見つかってくれればと、わたしも祈るような気持ちだった。


調理は順調に進み、わたしは味見のため小皿に入れたカレーを口に含んだ。うんっ、とうなずく。

「オッケー、完璧」

親指を立てると、夏蓮と凜が「イエーィ！」と両手を打ち鳴らした。

翔琉は相変わらず無表情に食器を取りにいったけれど、お姉さんの登場にわずかに浮き立っているのはわかった。ういやつめ、と密かにほくそ笑む。

今回は市販のルー一種類だけを使用し、具材は王道の牛肉、ジャガイモ、玉ねぎ、ニンジンのみ。隠し味なし、アレンジなし、飾り気なしの、名づけて《逆に新鮮ド定番カレー》である。

「いただきます！」

小学生、高校生、二十代、八十代、四人の女性の元気な声がかすがい食堂に響く。四人の声にかき消されたけれど、翔琉の「いただきます」もわたしにはたしかに聞こえた。

カレーとごはんの境界にスプーンを差し入れ、口へと運ぶ。

香辛料の風味と辛さが口いっぱいにひろがり、鼻へと抜けていく。予想どおりの味と香りは、温かな家庭のような安心感を連れてきてくれる。間違いのない味、飽きのこない味、でも次から次へと匙を進めてしまう中毒性のある味。

牛肉の重量感、やわらかなニンジン、ほくほくのジャガイモ、ほぼ溶けかけて存在感のない玉ねぎ、すべてがカレーと一体になり、神秘の旋律を奏でている。すべてを包み込むカレーは、まさに宇宙だった。

「おいしい！」凜が叫ぶ。「うちのカレーとは違うけど、これもすごくおいしい」

カレーにハズレなし。彼女に笑みを向けたあと、ちらと夏蓮を見やる。

微笑みは浮かべていたけれど、それが本心からのものでないことはすぐにわかった。事実、食事がはじまってから彼女はひと言も発していない。先ほどまでの明るさは消え、隠せない緊張が滲み出ていた。

視界の端でさりげなく観察をつづけ、ひとつの発見があった。

食事を楽しめているかどうかは、手の動きに如実にあらわれるものなのだなと。

ほかの人と同じように、夏蓮も皿と口のあいだでスプーンを往復させている。しかしその動きは悲しいほどに機械的で、感情がなかった。見ているのがつらいほどに。

食卓には祖母と凜、そしてわたしの会話だけが行き交っていた。夏蓮の様子は気になったけれど、かといって不自然に話しかければぎこちない空気が食卓にひろがってしまう。それは彼女も望んではいないはずだ。

食事が半分をすぎたころ、「ごめんなさい！」と叫んで夏蓮が突然立ち上がった。口もとを押さえ、俯いたまま小走りに食卓を離れる。

行き先はわかっていた。トイレだ。

十五分ほどして戻ってきた彼女の顔は、さらにやつれたものに見えた。憔悴しきった彼女に水の入ったコップを渡すと、消え入りそうな声で「ありがとうございます」と言った。

炊事場で口をゆすぐ夏蓮に付き添う。

「気にしなくていいからね」

「はい。今日は大丈夫かなって思ったんですけど、やっぱりどうしても……我慢できなくて……」

「しょうがないよ。いつもと違う環境だし」

「今日は大丈夫かなって思ったんですけどね」

先ほどと同じセリフを口にした彼女は、もういちど「思ったんですけどね」と言った。背中がさらに丸まる。銀色に光るシンクに、口から垂れた水滴と、目からこぼれた水滴がぽたり、ぽたりと落ちていった。

彼女ののどから漏れ出る悲しげな嗚咽(おえつ)と、ステンレスの奏でる、ポンッ、ポンッ、というどこか間の抜けた音が混じる。

背中に添えた手から、彼女の無念さが伝わってくる。やるせない思いに包まれる。うしろから抱きしめてあげたい衝動に駆られた。けれど、そんな資格が自分にあるとは思えなかった。行き場を失った無力感は、握りしめた右手の爪を皮膚に食い込ませていた。


ふいに物思いに耽り、気づけばため息をついている。

「何度目だい」祖母の叱責が飛んできた。「さっきからため息ばっかり。空気が悪くなってしょうがないよ」

「うん。ごめん」

　夏蓮を食堂に呼んだ翌日の昼食だった。

「夏蓮ちゃんのことだろ。たしかにかわいそうな子だよね」

　かわいそうな子、という言い回しに軽い反感を覚えたけれど、理由は説明できなかったし、いま話すべきことでもなかった。

「まあね。どうしたらいいのかなって考えちゃって」

「どうしようもないだろ。そうやって考えすぎるのは楓子の悪い癖だよ。プロの医者が寄ってたかったって治せない病気なんだろ。素人のあんたにできることなんてたかが知れてるさ」

　医者が夏蓮に寄ってたかっている場面を思い浮かべ、ちょっと笑いそうになる。でも実際、何軒もの病院を受診してもほとんど改善が見られないのである。素人の思いつきでどうこうなる問題でもない。

「だよね。わたしにできることはないよね」

「見守ることしかないいんじゃないか。それもまた、大事な役目だよ」

「うん」

　素直にうなずく。それがわたしにできる最善の処置だと再認識する。

　箸で摑んだほうれん草を中空で止めて、ただ――、と朝日はつづけた。

「素人が、プロに勝ることはいろいろとあるのも事実だよ。親身に寄り添うのもそのひとつだ。効率を考えずに時間と情熱をそそぐこと、手間をかけることも、素人だからこそできることでもあるね」

　ふむ、とわたしもほうれん草のおひたしを口に運ぶ。亀の甲より年の功、祖母はさすがいいことを言う。

　ほうれん草の甘みと、だしの風味が口中にひろがる。ふにゃふにゃとした心地よい食感を味わいながら思考を進めた。プロにはできず、素人だからできることはたしかに存在する。

　わたしだから、できること。

　ふいに、ひとりの人物が思い浮かんだ。

　わたしなら、会ってくれるかもしれない。解決に向かうヒントが都合よく見つかるとはかぎらないけれど、やれることはやってみよう。無駄足かもしれないことをやるのも、素人だからできることだ。

　衝動のままにスマホを手に取り、荒木田の連絡先を表示させた。

「食事中はケータイ禁止」

祖母の鋭い声が飛んできて、「はい」とスマホを床に置いた。

渋谷のスクランブル交差点は相変わらずの人混みだった。

雑踏の喧騒に加え、あちこちのスピーカーから流れる音楽や音声が入り混じる様相はまさにカオスだ。平日の夕刻を迎え、さらに人の溢れる気配を宿している。

制作会社は神泉にあったため、渋谷に来る機会も多かった。会社を辞めてからは初めてなので久しぶりではあるのだけれど、何年ぶりというほどではない。にもかかわらず猛烈な場違い感と据わりの悪さを感じるのはやはり、駄菓子屋のおばちゃんにジョブチェンジしたせいなのか。すっかり下町の空気に馴染み、居心地よく感じている自分がいる。

本格的な秋の訪れを感じさせるように、今日はがくんと気温が下がっていた。薄手のコートをかき合わせ、秋風に身を縮めるようにそそくさと目的地に向かう。道玄坂の裏手にある、古い民家を改装したいかにも女性受けしそうなおしゃれなカフェだった。実際、店内は女性客に満ちている。

ぐるりと一瞥すると、小さく手を振る女の子の姿があった。佐藤リムだ。

コートを脱いで対面に腰かけた。

「早かったね」

「うん。あたしもさっき着いたばっかり」

その言葉に嘘はないようで、テーブルの上にはまだなにも置かれていなかった。

結果的に上村夏蓮の摂食障害を引き起こすきっかけになった子だ。彼女と話をすることで、なにかを掴めないかと思って連絡を取った。面識のあるわたしにならば会ってくれて、夏蓮のためにも話を聞かせてくれるのではと考えた。

「今日はわたしの奢りだから好きなの頼んでいいよ」

「やった！　じゃあ甘いもの頼んじゃお」

弾けるような笑顔と遠慮のなさは、この年代の特権のように思えてまぶしかった。

約一年ぶりに見るリムはずいぶんときれいになっていた。彼女くらいの歳だと、一年どころか半年でも驚くほどに変わったりする。それは見た目だけでなく、中身もだ。まぶしく思うと同時に、恐ろしくもあった。

荒木田から彼女の連絡先を聞くときに、念のため近況も聞いていた。とはいえさほど変化はないようで、大きな仕事を掴むこともなく、婉曲に表現すれば羽化を待つ蛹の状態がつづいている。

「電話でも伝えたけど、今日は上村夏蓮さんのことで話を聞きたくて」

「うん……」

リムは沈痛な顔を見せた。

「彼女が摂食障害――いわゆる拒食症を引き起こしたきっかけは、知ってる？」

彼女は怪訝そうに眉根を寄せたあと、「ううん……」と小さく首を左右に振った。

「そっか。じつはね――」

この場を迎えるにあたり、もしリムが知らなかった場合、事実を伝えるべきかどうかは少し迷った。彼女にとってはつらい話になるからだ。

しかし黙ったまま話を進めるよりも、発端からきちんと伝えたほうが有意義な話し合いができるのではないかと思えた。それにリムはいい意味で神経が太く、傲慢さもある。深刻に受け止めすぎて思い悩むようなことはないと考えた。

わたしは夏蓮から聞いた話を丁寧に語った。もちろんリムの言葉がきっかけになったのはあくまで結果論であることを強調し、彼女が責任を感じすぎないように注意した。

途中で運ばれてきたスイーツに緩慢にフォークを差し入れながら、「そうだったんだ……」とリムはつぶやく。

「ぜんぜん知らなかった。というか、そんなこと言ったなんてまるで忘れてた。なにげなく、悪気なく言った言葉だとは思うんだけど」

知らなかった――、悪気はなかった――、謝罪や後悔の言葉ではなく、まっさきに言い訳が出てきた。予想どおり、彼女が罪悪感で苦しむことはなさそうだ。

「楓子さんも思ってたでしょ。あのときの夏蓮はぽっちゃりしてたって」

さらに同意を求めてくる。ぽっちゃりは言いすぎだと思ったけれど合わせておいた。

「そうだね。健康的だとは思っていたけど」

「実際さ、そのあと痩せて、すごくきれいになったんだよ。事務所でも話題になって。あたしもさ、正直参ったなと思ったわけ。ライバルに塩を送っちゃったかなって」

ふと、引っかかる。

困っていた夏蓮を助けたわけではなく、「塩を送る」の使い方が間違っているのはともかく、いまのリムの言葉は明らかな矛盾を孕(はら)んでいた。

「――でもさ、まさかこんなことになるなんてね。なんであそこで止めることができなかったんだろ」

「止めるとか、止めないの問題じゃないんだけどね。彼女だって好きで痩せすぎているわけではないから」

「うん。だよね。わかってる」

「だからこそリムちゃんに聞きたいんだけど、どうして夏蓮さんは摂食障害になったのか。その原因について、なにか思い当たることはないかな。些細なことでもいいんだけど」

「原因、って言われてもな……」

リムは困り顔で中空を見上げた。右手に持ったフォークが手持ち無沙汰にリズムを刻む。

なんとか情報を引き出せないかとわたしは言葉を連ねた。

「関係があるのか、確信は持てなくてもいいの。夏蓮さんが食について必要以上に考えるようになってしまったことに繋がるような、出来事というか、エピソードというか、なんかそんな記憶はないかな」

うーん、としばし唸ったあと、絞り出すようにリムが口を開く。

「昔の夏蓮はさ、体重とかダイエットとか、ぜんぜん気にしてなかったと思うのよ。食べるものについても無頓着というか。その反動じゃないかな」

明らかに真剣みに欠けた言葉だった。同じ事務所だった友人の話なので、もう少し親身になってくれるかと期待していた。

最初にリムの言葉が原因だったと告げたのは失敗だったかと、いまさらながら考える。これ以上巻き込まれたくないという防衛本能が働いたのかもしれない。

「反動、か。夏蓮さんはわりとまじめだったしね」

「そうそう。なんでも考え込むタイプ。適当に折り合いをつけられたらよかったのにね」

あまりに人ごとじみたセリフに、怒りよりも落胆を覚えた。

それでもわざわざ時間を取って渋谷くんだりまでやってきたのだ。なにかひとつでも持って帰りたい。しかしわたしがさらなる質問を口にする前に、逆にリムのほうから尋ねてきた。

「ところでさ、楓子さんはいまどこでなにをやってるの？」

突然の質問に戸惑いつつ答える。彼女には前いた制作会社を辞めたことだけは伝えていた。

「じつは業界からは完全に足を洗っちゃってさ。いまは……実家の商売を手伝っているんだ」

なんとなく駄菓子屋だと告げるのはためらってしまった。

「あっ、そうなんだ……」

リムの興味がみるみるしぼんでいくのがわかる。

この期に及んで、ようやくわたしは理解した。彼女は心の底から夏蓮のことなどどうでもいいのだと。

わたしが別の制作会社に移ったのだと思って、あわよくば大きな会社にステップアップしたことを期待して、自身の仕事に繋がらないかと考えてここに来たのだ。彼女にとっては営業活動以上の意味はなかった。

わたし自身の気持ちもみるみる萎えていく。

「ごめんね。夏蓮さんのことを知って、ほっとけなくて。なにか掴めないかと思ったんだけど、リムちゃんにも無駄足を踏ませちゃったみたいだね。ごめん」

十六歳の女の子に対して、つい嫌味めいたセリフを告げてしまう自分に嘆息する。けれど彼女は彼女でまるで気づいていないようだった。

「こっちこそごめんなさい。ぜんぜん役に立てなくて。でもこういうのって素人があれこれやってもかえってよくないと思いますよ。プロにまかせたほうがいいのかなって」

お互い落胆を抱えつつ、それでも大人として終幕に向けて上っ面の言葉を連ねる。

「うん。そうだよね。本当に難しい病気みたいだし」

「そうなんだよね。中学んときの同級生で、夏蓮の前に同じように拒食症になった子がいるんだけど、彼女もいまだに治らないみたいだし」

なにごともなければそのまま流れていたセリフだったろう。

でもリムは言い終えた瞬間、「しくった」と言いたげな気まずい表情を浮かべた。まばたきで見逃してしまうほどの本当に一瞬の表情だったけれど、それゆえに強く脳裡に焼きついた。

そして確信する。

佐藤リムは、意図的に呪いの言葉を吐いたのだと。

彼女は先ほど、自分の言葉が摂食障害のきっかけ、つまりダイエットのきっかけになったとはぜんぜん知らなかったと言った。発言自体を忘れていたとも。

にもかかわらず、ダイエットに成功した夏蓮を見て「ライバルに塩を送った」と考えたという。このふたつの言葉は完全に矛盾している。

自分の言葉がきっかけになったことはわかっていて、でもばつが悪いので気づかなかったふりをしているのだと思った。けれど先ほどのリムの表情で、根深い真実が見えてきた。

彼女は摂食障害に陥った同級生を知っていた。きっかけや経緯なども聞き及んでいたのだろう。

当時のリムにとって同じ事務所で同い年で、自分よりも売れている上村夏蓮とはなにかと比較され、目の上のこぶだった。そこであのセリフをわざと吐いたのだ。

もちろんここまでうまくいくとは考えていなかっただろう。でも必要以上のダイエットで体調を崩したり、失敗してリバウンドしたりすることは充分に期待できた。

夏蓮に対してわざと呪いの言葉を吐いたのでなければ、失言に焦るような先ほどの表情の説明がつかない。摂食障害の身近な先例を知っていたことを、彼女は口にしてはならなかった。

あっ！　と叫んでリムはテーブルに置かれていたスマホを持ち上げた。

「もうこんな時間。ごめん楓子さん。仕事が入ってて、もう行かなきゃ」

下手な小芝居だとわかっていたけれど、わたしは笑顔で送り出す。

「ううん、気にしないで。今日はほんとありがとう。久しぶりにリムちゃんに会えて嬉しかった」

「あたしも。あ、それとごちそうさま。またなにかあったらよろしくです」

「うん。お仕事がんばってね」

十六歳らしい天真爛漫な笑顔を置き土産に、佐藤リムは店を出ていった。

わずかに残っていたコーヒーを飲み干す。

結局彼女は最後まで上村夏蓮に対する謝罪の言葉を告げなかった。たとえ本心ではなくとも、友達を演じる以上告げなければならなかった。それ以外にもあまりにあの子は本心を悟られすぎていた。

——だからあんたはいつまで経っても役者として二流なんだよ。

思い浮かんだ昏い言葉に、自分も性格が悪いな、と少し落ち込む。

思惑どおりに夏蓮が摂食障害を発症して、満足かと問いかけたかった。それとも期待を超えた展開になって、いまになって後悔しているかと。

でも、もうリムに会うことはないだろうと思いながら、わたしは伝票を手にした。


本日のかすがい食堂のメインは豚汁だ。

寒くなってくると俄然食べたくなる一品で、具だくさんの豚汁は充分な主菜になる。

定番の大根、ごぼう、ニンジン、こんにゃくに加え、春日井家では里芋もマストだ。

そしてもちろん豚肉は欠かせない。

調理も具材を炒めて煮込むだけなので、手間がかからないのもありがたかった。

副菜として余ったごぼうをきんぴらにして、野菜ばかりもなんなので玉子焼きを祖母につくってもらう。

翔琉は簡単な指示だけで下ごしらえを的確にこなしてくれるようになったし、包丁使いも安心して見ていられるものになった。我が子の成長を見守る母親の気持ちを、少しだけかもしれないけれど実感する。

台所にみその香りがいっぱいにひろがり、翔琉と祖母と三人で食卓を囲んだ。

「いただきます！」

さっそくできあがったばかりの豚汁をいただく。

まずは汁をひと口。

「んんぅ」

思わず歓喜の声が漏れる。

脂の浮くみそ汁はさまざまな食材の成分が溶け出して、豚汁でしか味わえない濃厚な旨みに満ちていた。ひと口飲むだけでも体の内側からぽかぽかと温まってくる。

いちおう石油ストーブはあるものの、店舗とひとつづきの座敷はどうしても暖まりが悪い。この時期にはとてもありがたい料理だし、冬の炊き出しでよく振る舞われるのも納得だ。

つづいてごはんとともに具をいただく。

大根、ごぼう、ニンジンはそれぞれが異なる食感と味わいで、みその風味と一体となりつつも野菜の滋味をたっぷり味わわせてくれる。豚肉とこんにゃくは菜類にはない個性を発揮し、豚汁をさらに彩り豊かにしてくれていた。

でも個人的には豚汁といえば里芋だ。ねばっと蕩（とろ）ける食感はそれだけで幸せに満ちていて、閉じ込められた熱がいっそう体を温めてくれる。

豚汁に里芋あり。まさに陰の主役だ。

ほかほかの豚汁を堪能していると、玉子焼きを箸で切りつつ祖母が尋ねてくる。

「そういや昨日、夏蓮ちゃんの友達と会ったんだよね。なにか役立ちそうな話は聞けたのかい」

「ああっと、あんまり……」

歯切れ悪くわたしは答えた。

リムが意図的に夏蓮を陥れたのだと確信しているけれど、証拠はないし、吹聴（ふいちょう）したところで益もない。それにもし夏蓮の耳に入れば、余計に彼女を苦しめることになってしまう。

「そうかい。有益な話が聞けなかったと確認できたのも、一歩前に進んだってことだよ。人生に無駄足はないさ」

　祖母の含蓄のあるというか、前向きな言葉が耳に沁みる。

　ふいに「お姉ちゃんは」という翔琉の声が聞こえた。

「ごはんが、食べれなくなったんだよね。それって、どういうこと」

　痩せ細った姿に驚かないように簡単な説明だけはしていたものの、詳しいことは伝えていなかった。

　目を合わせた祖母が軽くうなずくのを確認し、翔琉にもきちんと摂食障害の話を語って聞かせた。

　一般的な摂食障害の知識から、彼女が発症するに至った経緯も、差し障りのない範囲で詳らかに話す。祖母にもここまで詳細には伝えていなかったので、ちょうどいい機会でもあった。

　翔琉は食事をしながらもずっと真剣な面持ちで聞いていてくれて、わたしの説明は食後のお茶タイムにまで及んだ。

　ずず、と祖母が茶をすする。祖母の母の生まれ故郷の名産、八女茶が春日井家の定番だ。

「たしかに、いまの時代は情報が溢れすぎているのかもしれないね」

食にまつわるさまざまな情報にさらされ、なにが正しいのか、どうすればいいのか、夏蓮の混乱は増していった。

「その手の情報をいっさい絶つ、ってのじゃダメなのかい」

つづけられた祖母の質問に答える。

「心療内科に通っていたとき、やったみたい。かなり徹底して。でも、かえって精神的に不安定になってしまったし、とくに症状が改善することもなかったみたいで」

「だよね。素人が思いつくようなことはすでに試してるよね」

それにいまの時代、完全に情報を絶っていては生活もままならないし、さまざまな不利益も生じてしまう。加えて臭いものに蓋をするような方法は、抜本的な解決に結びつかない気もした。

あの、と翔琉が控えめに発言する。

「グルテンフリー、とか、ヴィーガンって、なに？」

「あ、そっか。そういうのはわからないよね」

もっとも大人でもなんとなく聞いたことはあっても、きちんと理解している人はそれほど多くないかもしれない。

小麦などに含まれるタンパク質から生成される〝グルテン〟を摂取しない食生活を

「グルテンフリー」と言う。とある疾患のための食事療法だったが、健康や体質改善のために欧米のスポーツ選手が取り入れるようになり、一般にもひろまった。

　ヴィーガンの定義には幅があるものの、一般的には魚や動物の肉に加え、卵や乳製品などの動物性食品をも食さない人たちのことを言う。日本語では「完全菜食主義者」とも訳される言葉だ。

　念のためスマホで調べながら説明をして、世の中には食にまつわるいろんな思想が溢れているなとあらためて思い至る。

　翔琉が湯呑みをじっと見つめながら、「それって、なんだか変だよね」とつぶやいた。

「変だって決めつけるのはよくないと思うよ。世の中にはいろんな考え方があるし、よほどの理由がないかぎり、それを否定するのは間違っているんじゃないかな」

「違う。変だって言ったのは、夏蓮お姉ちゃんのこと」

「どういうこと？」

「グルテンフリーとか、ヴィーガンとか、さっきの説明にあった、それ以外のも、全部、他人の決めたルール。そんなのに、なんで、お姉ちゃんは振り回されたのかなって」

「他人の決めたルール、か……」

翔琉の説明は言葉足らずだったけれど、「他人の決めたルール」というフレーズは強く心に響いた。思想を「ルール」と表現するのがおもしろかったし、子どもならではの柔軟な発想は、ときに物事の本質を的確に捉えてくる。

熱したみそ汁がぐるぐると対流するように、ひとつのきっかけを得たことで思考がぐるぐると動き出す。

わたしたちは、食にいろんな「意味づけ」をしている。

夏蓮は食の情報に翻弄されて混乱したのではない。他人のつくったさまざまな「ルール」に触れて、処理しきれなくなってしまったのではないだろうか。

同じようで、違う。翔琉の言葉で、より本質的な理解に近づいた。

であれば、わたしたちだって同じじゃないかと思う。

根源的には〝食事は栄養を摂るもの〟というのも他人が勝手に決めたルール、意味づけだ。

一日三十品目摂りましょう。

バランスのよい食事を心がけましょう。

カロリーは摂りすぎないようにしましょう。

塩分は控えめにしましょう。

世の中には「あなたの健康のための食のルール」が溢れている。みんな多かれ少なかれ、他人の決めたルールに振り回されている。

翔琉と出会ったときの自分がまさにそうだった。彼のことを心配したとき、まっさきに栄養のことを考えた。食は栄養を摂るためにあると考え、食と栄養について勉強しようと考えた。荒木田に再会したときも「一日三十品目です」などとしたり顔で諭した。

食は、栄養のために摂るものなのか。

食は、健康のためにあるものなのか。

食は、生きるためだけのものなのか。

わたしたちは「食は栄養を摂るもの」という思想に、ルールに、囚われすぎているのではないのか。

思考はまだうまくまとまらない。簡単に答えを出せる問題だとも思えない。けれど、気づきを得ることはできた。

食は、もっと自由な発想で捉えてもいいはずだ。

「どうしたんだい、楓子」

祖母の怪訝そうな声に我に返り、顔を上げる。翔琉を見つめ、自然と笑みがこぼれる。

「ありがとう、翔琉。おかげで、光が見えた気がする」

わけがわからない、といった様子で彼はぱちくりとまばたきをした。


日曜日の午後、再び夏蓮と待ち合わせをした。

以前と同じように公園のベンチに並んで座る。意識していたわけではないのだけれど、前回とまったく同じベンチであることに腰かけてから気づいた。木々の隙間から、遠く広場の遊具が見える。

前回と違うのは、わたしも水筒を持参していたことだ。腰を下ろしてさっそく水筒のお茶でのどを湿らせていると、申し訳なさそうに夏蓮が謝罪の言葉を口にした。

「先日は本当にごめんなさい。わたしのために、いろいろとしてくださったのに」

彼女にはなにひとつ非はないし、あやまる必要などないことは自明である。

昔から心優しい子ではあったけれど、けして卑屈な性格ではなかったはずだ。摂食障害によって、というより摂食障害を治せない状況が彼女の心までも蝕(むしば)んでいるのだと思えた。精神性の疾患は、病気による身体的な苦しみに加え、こういった精神面の負担も患者にかけてしまう。

小さく笑みを浮かべて首を振ったあと、

「最初に、夏蓮ちゃんに聞きたいことがあるの」

問いかける。

「あなたが食事をするのは、なんのため？」

「なんの、ため？」

「難しく考えないで。いまの状況は無視して、思うままに答えてくれたらいいから」

口の先でもういちど「なんのため？」とつぶやき、夏蓮はわずかに首を傾げる。

「生きるため、でしょうか。もう少しきちんと答えるなら、健康的に生きるため、だと思います」

「うん、ありがとう。べつに正解のある質問じゃないし、これでなにかを診断しようって話でもないから。ただ、とても模範的な答えだと思う。多少表現は違っても、たいていの人がそんなふうに答えるよね。あるいは、食事は楽しみのため、と答える人も多いかな。話はくるっと変わるんだけど、このあいだ、夏蓮ちゃんのことを説明する機会があったんだ」

佐藤リムとの一件は省き、翔琉と祖母に説明したときの話を語った。

「翔琉の言った『他人の決めたルール』という言葉が、すごく心に響いたの。そうなんだよなって思った。自分はなんのために食事をするのか、ほとんど考えたことはなかった。たぶん、多くの人がそうなんじゃないかな。だからこそ他人の決めたルールに無批判に従ったり、あるいはよくわからずに反発したり。

たとえばわたしはヴィーガン——完全菜食主義者じゃない。なる気もない。だからといって菜食主義者を批判する気も、否定する気もないと思ってる。でも正直に言えば、心のどこかで胡散臭(うさんくさ)さを感じていたりもする。自分で言うのもなんだけど、これがわりと一般的な反応なんじゃないかな。でもさ、今回の件であらためて思ったんだ。わたしはヴィーガンのなにを知ってるんだろうって。きちんとその思想も知らないで、なる気はないと決めつけて、でも否定する気はないと大人ぶって、心のどこかでバカにして」

再びお茶を口に含む。話したいことは整理してきたつもりだけど、もうほとんど真っ白だった。でもそのおかげか肩の力が抜けて、愉快な気持ちにもなってきた。たとえ拙(つたな)くとも、この数日考えつづけたことを伝えればいい。

「わたしはこれまで食についてまるで考えたことはなくて。かすがい食堂をはじめるまで、まともに料理をしたこともなかったからね。外食か、出来合いのお弁当とかばかりで、そのことになんの疑問も持ってなかったし。

ところが翔琉と出会って、かすがい食堂をはじめることになって、今度はまっさきに食と栄養のことを考えた。食と健康のことばかりを考えた。なにも考えてこなかったから、世の中に溢れる『他人の決めたルール』に無意識に従った。

それ自体は間違ってはいないと思う。わたしたちはなんのために食事をするのか。生きるためであるのは間違いない。栄養を摂るため、健康を保つためであるのも間違いない。でも、そのことばかりに目が向いて、もっと大切なことを見失っていたんじゃないかって気がする。食は、もっと自由でいいと思うんだ。食は、もっと懐の深いものだと思うんだ」

眼前にある樹木の木肌から視線を移し、隣に座る夏蓮をそっと見やる。彼女もまた、じっと前を見つめていた。けれどその瞳には、目の前に立ち並ぶ樹木は映っていないように思えた。

秋の風が頬をなぶり、小鳥のさえずりが、のどかな休日の午後を演出するように響く。

「夏蓮ちゃんも同じじゃないかな。最初は体型が気になって、健康的に痩せることを考えた。そして世の中に溢れる食の情報は、ほとんどすべて健康と結びついたものでしょ。だから夏蓮ちゃんのなかで『食と健康』がどんどん肥大化していった。いつの間にかそれがすべてだと考えるようになった。

夏蓮ちゃんは世の中に溢れる『食と健康の神話』に囚われてしまったんじゃないかな。摂食障害に陥って、ひどく痩せてしまって、健康も損なってしまったから、なおさらその思想から抜け出せなくなった。失われた健康的な体型、健康的な生活を取り戻すために、健康的な食生活を送らなきゃと思い込むようになった。そのこと自体が逆効果になってしまっていたと思う」

思いつくままに話しつづけ、いちおう考えていたことは言えた気がする。話のゴールは近い。

今日、いちばん伝えたかったことを、力を込めて言葉にする。

「他人の決めたルールに振り回されるのはバカバカしいじゃない。いまはとりあえず、死んじゃわない程度に健康のことは考えないでおこうよ。自分なりの食事をする意味を見つけようよ」

「食事をする、意味」

独りごちるような、それでいて問いかけるような声。こちらを向く気配に、わたしもまた夏蓮を見つめた。視線が交錯する。

「そう。お仕着せじゃない、自分だけの、食事をする意味。生きるためじゃない、健康のためでもない、味を楽しむためでもない。

　夏蓮ちゃんだけの、食事をする意味。

　難しく考える必要はないんだよ。なんだっていいの。誰かと会うためでもいい。会話を楽しむためでもいい。漫画を読むため、でもいいと思う。漫画を読むのは食事中だけ、って自分ルールを決めてね。食事をしながら漫画を読むなんてマナーが悪い、なんて他人の決めたルールはクソ食らえだよ。

　とにかく、夏蓮ちゃんだけの『食事をする意味』をつくるの。考えるの。食の意味づけを、もっと自由に、解放しようよ。まずはそこからはじめてみようよ」

　うまくいくかどうかなんてわからない。

　でも、夏蓮のなかに巣くった「他人の決めたルール」を壊すためには、それよりも強固な「自分のルール」をつくるしかない。

「長いこと、忘れていた気がします」

　前方にある樹木の根もとに視線を戻し、独白するように夏蓮は告げる。

「わたし、食事をしながらみんなと話をするのが好きだったはずなんです。家族や、友人と、たわいのない話を。でも、ダイエットを決心して、献立を考えて、カロリーを計算しはじめたあのころから、食事が別の意味を持つようになったんですよね」

そうなのだ。みんな子どものころは健康のため、栄養を摂るためなどと考えて食事はしない。いつのころからか、カロリーが、塩分が、糖分が、栄養素がと、別の意味を持つようになる。

「でも、摂食障害になってからは、食事中におしゃべりすることなんてなくなってました。いまのいままで、そんなことすら忘れてました。食事を前にすると、栄養をきちんと摂らなきゃとか、今日は無事に食べられるかなとか、そんなことばかり考えるようになってしまって」

かすがい食堂でも、いざ食事になると押し黙ってしまっていた。

「あの！」夏蓮が勢いよく顔を上げる。「かすがい食堂って、週に二回、でしたよね」

「うん。火曜と金曜の夜の、週二回」

「もういちど行ってもいいですか。いや、いちどじゃなくて、これからできるかぎり」

「もちろんだよ！　歓迎する」

「わたしの『食事をする意味』の最初のひとつは、『楓子さんに会うため』にします」

そう言って夏蓮はにっこりと笑った。料理中に見せた笑みよりもはるかに自然で、はるかにかわいくて、「ああ、そうだ。これが彼女の本当の笑顔だ」と思い出す。

目頭が熱くなり「やだなー、もう！」と照れ隠しの大声を上げて、こっそり涙を拭う。

濡れた指先の感触を確かめながら、荒木田には正式に断りの連絡を入れようと考えていた。復職はしないと、心を固めた。

今後も駄菓子屋かすがいを、かすがい食堂をつづけたい。

翔琉や、夏蓮に対する責任感だけじゃない。子どもたちと向き合い、地に足のついたいまの仕事が好きだし、華やかさはなくとも、心が充実している。

「そろそろ行こうか」

立ち上がり、痩せ細った夏蓮の手を取る。

かすがい食堂ふたり目となる常連客の誕生を祝福するように、木洩れ日が美しく夏蓮を照らしていた。

もちろん、これで彼女の病気が快方に向かう保証はない。でも、ダメならダメでまた考えればいい。そうすればいずれ改善に向かう道筋は見えてくるはずだ。

握った手から、たしかな体温を感じる。彼女に居場所を提供することが、かすがい食堂の役目だとあらためて思う。きっと翔琉や夏蓮以外にも、居場所を求めている子どもはいるはずだ。そんな思いが自然と胸に兆す。

はからずもその予感は現実となった。

普通に生活しているとまるで見えない、「平和で豊かな国」という蓋の下で、腐臭を放つ澱(よど)みが流れていることを突きつけられて。

第四話　あなたの夢は、なんですか

入口の戸が開けられるたびに寒風が入り込み、体がぶるりと震える。

頼りない石油ストーブでなんとかほんのり暖まった室内の熱気が消え失せ、また振り出しに戻る。その繰り返しだった。

例年になくとても穏やかな、初めてと思えるほどのんびりとした年末年始がすぎ、学校の冬休みも終わり、『駄菓子屋かすがい』にも子どもたちの賑わいが戻ってきた。

同時に、いよいよ冬の厳しさが本番を迎える頃合いである。

寒風吹きすさぶこの時期はさすがの風の子たちも店のなかにたむろしがちで、狭い店内は移動もままならないほどごった返していた。さらにあちらこちらの話し声が反響し、店内はガード下のような騒音に包まれている。

「おばちゃん、これ！」

「足して五十円ね！　──はい、おつり五十億円！」

目の前でのやり取りすら無駄に大金に、もとい無駄に大声になり、さらに騒音に拍車をかける。

買い物終わった子は外に出なさい！　と叫びたいのをぐっとこらえる。活気もなく静まっているよりははるかにいい。

店の戸が開き、再び寒気が吹きつけた。

反射的に恨みがましく目をやって、あら、と微笑む。上村夏蓮が子どもたちでごった返す店内に、ぎょっとした顔を見せていた。小さな客をかきわけかきわけ奥の帳場にやってくる。

今日は火曜日なので『かすがい食堂』の日である。開始まではまだかなり時間があるものの、用事がない日は早めにやってきて、料理の仕込みをしてくれたり、店を手伝ったりもしてくれる。

「大盛況ですね」

「売り上げはさっぱりだけどね。みんな外に出たがらないもんだから」

それより──、と夏蓮が笑み交じりの顔から、真剣な面持ちに変わった。ぐっと顔を近づけ、わたしにだけ聞こえる声量で告げる。

「いま店の前で気になるものを見て。たぶん、イジメだと思うんですけど」

眉を寄せ、イジメ？　と口の動きだけで復唱すると、夏蓮はこくんとうなずいた。

女の子の三人組で、わざと地面に落としたお菓子をひとりの子に食べさせていたというのだ。

「ごめん。店を見ててくれる？」

「はい」

店番を夏蓮に託して外に出る。

室内で感じるものとは一段違う寒さに身を縮めたあと、三人組の女の子に目を留める。店の前に設置されたカプセルトイの機械のそばに彼女たちはいた。

三人ともおそらく小学六年生だろう。名前までは知らないけれど、先ほどひとりが買い物をしたのは覚えている。イカの姿をかたどった定番のスナック菓子だ。

すでにイジメの様子は見受けられなかったけれど、ひとりの女の子がもぐもぐと口を動かしていた。体格もいちばん貧弱で、たぶん彼女がいじめられていたのだろうと推測する。店で見た記憶はない子だった。

ただし、半べそでいやいや食べているふうではなく、感情を押し殺した顔で咀嚼（そしゃく）していた。この程度のイジメには屈しないという彼女なりのプライドだろうか。

近づくと、彼女たちがいっせいにこちらに顔を向けた。背が高く、ウェーブがかった髪の子がとくに反抗的な目でわたしを見つめる。

「なに?」言葉も棘だらけだ。

「あなたたちがイジメをしているんじゃないかって話を聞いたの。わざと落としたお菓子を無理やり食べさせていたって」

さっきのババアか、と長身の子が小声で毒づく。夏蓮のことだろう。

「証拠はあんの?」

「証拠とかそういうことではなくて――」

「残念だけど、あたしたちイジメはしてないんだな。なっ、アカネ――」

体格の貧弱な子に言葉を向けた。髪をうしろで一本に結んでいる彼女は、わたしを一瞥したあと小さくため息をつき、「うん、イジメやないよ」とぶっきらぼうに告げた。

言葉遣いやアクセントに関西訛りが含まれている。最近東京に引っ越してきたのかもしれない。

ともあれ、アカネと呼ばれた子の言葉を「はいそうですか」と素直に受け取れるわけがなかった。けれど彼女の声音には、いじめっ子が怖くて渋々同意したのとは違う、奇妙なふてぶてしさがあった。

ちなみにまだひと言もしゃべっていないもうひとりは黄色いダウンジャケットを着た地味な顔立ちの子で、めんどくさいことになったな、というふうに肩を縮めて存在感を消そうとしている。先ほど買い物をしたのは彼女だ。いじめっ子側ではあるけれど、従犯といったところか。

そういうことだから、と長身の子が宣言する。

「勝手に決めつけて、変なこと言わないでください」

嫌味をたっぷりまぶした敬語で言い捨て、去っていく。アカネと黄色ジャケットの子もあとにつづいた。

引き留める言葉はなかったし、現状ではこれ以上追及することもできない。勢いで飛び出したはいいものの、まあこうなるよね、とわたしは肩を竦めた。

本日のかすがい食堂のメニューは、ロールキャベツだ。

トルコ料理を起源として世界中の多くの国で愛されており、日本でも定番かつ人気のレシピである。

ロールキャベツといえばコンソメスープで煮込むのが一般的だけれど、今回はトマトスープを使用する。夏蓮から教えてもらったレシピである。名づけて《トマト風味の爆弾ロールキャベツ》だ。

ロールキャベツは調理に手間と時間がかかるので、かすがい食堂でつくるのは難しいところがあった。食事の時間をあまり遅くはできないからだ。そこでみんなで料理する部分を残しつつ、ある程度の仕込みを事前に夏蓮にやってもらうことにした。

彼女がかすがい食堂に参加するようになって、提供できる料理の幅がぐんとひろがった。雰囲気も明るくなり、本当に感謝しかなかった。

幸運なことに彼女の摂食障害はあれから着実に治りつつある。まだ外食は難しいものの、食材や調理などの段取りをきちんと踏めば、ほぼ吐くことはなくなった。見た目だけでなく、さまざまな体調不良も改善したという。

夏蓮本人はもちろん、彼女の両親からもずいぶんと感謝されたのだけれど、自分の功績だとは思えなかった。

わたしが彼女に伝えたことはいろんな人の力によって偶然辿り着けたものだし、症状が改善したのは幸運も多々あったはずである。必然があったとすれば、なにより夏蓮自身の努力によるものだ。わたしは彼女の背中に載っていた余分な荷物をほんのわずか、下ろしたにすぎない。

　夏蓮の父方の祖父母は茨城で農業をやっているらしく、田舎から送ってきたという野菜をいただくことがあった。今回も大量のキャベツを夏蓮が持ってきてくれて、それならロールキャベツにしようかという話になったのだ。

　料理もまた夏蓮が率先してやってくれる。

　一般的にロールキャベツといえば俵型だけれど、今回は一風変わった、玉ねぎのような大きさと形だ。

　ラップを敷いた小ぶりのボウルに茹でたキャベツの葉をひろげ、捏ねた合い挽き肉を内側に張りつける。その上にまたキャベツの葉をひろげ、挽き肉を張りつける。これを三度ほど繰り返したあと、ラップを持ち上げて巾着のようにぎゅっと口を絞り、球形に整えれば完成である。

　餃子パーティーと同じく、手間のかかる料理もみんなでわいわいとやれば楽しくなる。

「キャベツ、破れた」

「お肉がうまくひろげられないんだけど」

「あんた、肉取りすぎだよ」

「キャベツの葉が小さすぎる！」

「あー失敗した。絶対これ失敗した」

「ラップ越しにぎゅっぎゅってやるの気持ちいい！」

この手の料理はうまくいかなくても一興だ。うちは食堂とはいえ事実上の家庭料理だし、失敗もまた料理や会話のスパイスとなる。

人数ぶんつくったあとはトマトジュースで煮込むだけである。

大きな鍋でぐつぐつと煮込まれ、台所にトマトの香りが充満したら完成だ。副菜であるレンコンの甘辛炒め、ごはんとともに食卓に並べる。洋風料理でもかすがい食堂は常にごはんだ。

「いただきます！」

テーブルナイフを持ち、さっそくロールキャベツをいただく。

ひと切れを口のなかに放り込んだ瞬間、んふぅ、と極上の吐息が漏れた。野菜の甘みと肉の旨みが舌の上で絡み合い、魅惑のダンスを踊っている。

コンソメスープの主張しすぎない味わいは王道で、ロールキャベツとの相性は揺るぎないものだけれど、今回のようにトマトスープの変化球もありだ。キャベツ×肉の本体にトマトの滋味が加わって、さらに一段深いところに連れていってくれる。

　今回のものは大ぶりなので正直食べやすいとは言えない。けれど見た目がおもしろく、ボリューム感があって食欲をそそる。キャベツと肉のバランスが毎回予測できずに異なるのもいい。意外性のある味わいの変化は、食事をより楽しく、よりおいしくする要素となる。

　夏蓮にサムズアップを送ると、彼女も笑顔で返してくれた。次いで夏蓮は黙々と食す翔琉に声をかける。

「どう、おいしい?」

「うん、すごく、おいしい」

「よかった!」夏蓮は手を叩く。「俵型の、コンソメスープのものと比べてどうかな」

　翔琉は首を捻ったあと、わからない、と答えた。

「そういうの、食べたことないから」

　あ、と夏蓮が視線を寄越した。

　そうか、とわたしも気づかされる。ロールキャベツは手間がかかり、大量生産が難しいので給食では出にくいのだろう。スーパーなどでのお弁当や惣菜コーナーでは見かけないし、洋食店に行くか、家庭でつくる以外では食べる機会の少ない料理なのかもしれない。

祖母が明るい声で告げる。

「じゃあ、次は普通のやつをつくればいいじゃないか」

「そうですねっ」夏蓮に笑みが戻る。「せっかくだし、ベタにかんぴょうで巻きましょう」

「かんぴょう！」わたしは思わず叫ぶ。「いいよね！　最近はかんぴょうを使わないのが増えてるけど、あの、洋風なんだか日本風なんだかわかんない感じが洋食っぽくて好きだわー。わたしは絶対かんぴょう派だよ」

「あんたもよくわかんないこだわりがあるね」

祖母のツッコミに食卓が笑いに包まれる。

再びそれぞれが食事に戻ったあと、「そういえば――」と夏蓮が口にした。

「アカネちゃんの件、楓子さんはどうすればいいと思いますか」

先ほどの店の前での一件だ。イジメの事実は認めず三人が去った顚末は伝えていた。

「うーん、気にはなるけど、どうしようもないよね。それになにもわかってない状況で動くのはかえってよくないと思うし」

「あー、そう、ですよね。大人が下手に動くと、余計にややこしいことになったりもしますからね」

「なんの話をしてるんだい」

祖母が尋ねてきて、店の前での出来事を説明する。

「その、アカネちゃんとやらがいじめられていたのは間違いないんだね」

「はい――」夏蓮は暗い表情でうなずいた。「背の高い女の子が高圧的な態度で、地面のお菓子を食べろと言っているのを聞きましたから。その前に、お菓子をわざと落としたのも見ました。間違いないです」

祖母は大きなため息をついた。

「まったく。困ったもんだね」

彼女たちに対峙（たいじ）したときの、長身の子の飄々（ひょうひょう）とした態度を思い出す。

「やっぱりさ、最近はイジメも陰湿化してるのかな。おばあちゃんのころはイジメとかなかったの？」

「そんなわけあるかい。昔はイジメなんてなかった、なんて言ってる年寄りがいたら、それは記憶を美化してるか、頭が耄碌（もうろく）してるだけだよ。イジメなんて昔っからそこらじゅうにあったさ。陰険なものもあったし、いまだったら警察沙汰になりそうな凶悪なのも多かった」

まっ、そんなもんかとあらためて思う。大人の世界にだってイジメはいくらでもある。時代を問わず、年齢を問わず、場所や人種を問わず、イジメは普遍的なものだろう。

ロールキャベツを丁寧に切りながら、「わたしも——」と夏蓮は言葉を落とす。

「小学生のころいじめられていた経験があるんです。振り返ってみれば、絶望的にひどいものではなかったですし、結果的にはなんとか抜け出すこともできました。でも、渦中にいて出口の見えないときは本当にどうしたらいいのか、いっそ死んでしまおうかってことまで考えました。だから、ほっとけなくて」

でも！　と思い直したように声を張り上げる。

「楓子さんの言ってることは正しいと思います。なにもわからない状況で闇雲に動くべきではないだろうと」

小さくうなずいたあと、翔琉を見やる。

「翔琉の周りでは、そういうイジメはある？」

困った顔で首を傾げる。

「よく、わからない」

微笑ましく、そして羨ましく思う。少なくとも彼は平穏な世界に生きているようだ。

学校でも会社でも友人でも趣味の集まりでも、一定数の人間が集まれば政治的な関係が生まれるものだ。けれどそうしたことに関心がなく、孤高を貫ける人もいる。そういった人は人間関係のあれこれに興味はなく、知ろうとも思わない。

孤高という表現が正しいかどうかはわからないけど、翔琉が世間のくだらない駆け引きにまるで無頓着なのは納得できた。

食事へと戻りながら先ほどの夏蓮の言葉を反芻（はんすう）する。

なにもわからない状況で闇雲に動くべきではない、か……。

イジメは繊細な問題で、対応には細心の注意が必要となる。それは間違いない。ましてやわたしは親でも教師でもないのだから、なおさら慎重さが求められる。

けれど、慎重な対応と見て見ぬふりをするのは違う。

以前のわたしならば、心を痛めつつも、自分にできることはないとあきらめたことだろう。

でもいまは違う。かすがい食堂がある。

翔琉がそうだったように、夏蓮がそうだったように、アカネもまた、居場所を求めている子どもかもしれない。だったら、食とは無関係だとしても、かすがい食堂としてできることはあるはずだ。

黙々とロールキャベツを食しながらわたしは結論を紡いだ。

それにしても本当にキャベツと肉の取り合わせは絶品だ。考え出したトルコ人に感謝。

「おっ、かすがいのお姉さん！　今日はいいブリが入ったんだけど、どう？」

「ごめん。もうほかのに決めて買っちゃった」

「そうかい。またよろしくぅ」

「うん。ありがとねー」

この町で生活をはじめて約十ヵ月。商店街を歩いていると顔見知りから声をかけられることも増えてきた。自宅から自転車で通っているとはいえ実質的には住んでるようなもので、すっかり地元感が出てきている。それはとても居心地のいいものでもあった。

一陣の風が吹き抜け、「うっ、寒い」と体を震わせる。

一月も下旬に入り、いよいよ本格的な寒さがやってきていた。ただ歩いているだけでも耳がひりひりしてくる。

買い物を終えて商店街を出たところの四つ辻で、ふと足を止めた。ふたつ向こうの通りを歩く子どもたちに目を細める。

ひとりの子が大量の荷物を持っていて、そのあとに手ぶらの子どもたちがつづいている。おそらく全員分のカバンを持たされているのだろう。少し遠くてはっきりとは見えないけれど、先頭の子は、

「亜香音ちゃん？」

思わず声に出る。半月ほど前、店の前でいじめられていた子だ。あれから本人たちには悟られないように注意を払いつつ、密かに彼女のことを調べた。

名前は井上亜香音。小学六年生の女の子だ。

翔琉と同じ学校だけれど、学年がふたつ違う彼に調査をお願いするのは難しく、店の顧客ネットワーク——つまりは駄菓子屋でだべっている子どもたち——を利用して調べた。

彼女は二ヵ月ほど前、兵庫県から引っ越してきたらしい。

おとなしい性格ではないものの、クラスでは浮いた存在で、仲のいい友達はいないようだ。この時期の転校ではクラスに馴染むのは難しいだろうし、あえて彼女のほうから壁をつくった可能性もある。ただ、目立っていじめられているわけではないようだった。

　そうなるとクラスメイトに聞いてもそれ以上の情報は得られない。直接本人たちに問い質すしかなく、どうしたものかと手詰まり感を抱いていた。それだけに明白なイジメの現場を目の当たりにして、反射的に体が動いた。

　駄菓子屋かすがいへの帰り道とは逆方向に足を向け、すでに見えなくなっていた彼女たちのあとを追う。

　角をふたつ曲がって彼女たちを見つけた。やはり大量のカバンを持たされているのは亜香音だった。

「ちょっと、あなたたち」

　つい想定以上に険のある声になってしまった。自分でも制御できずにそのままの調子でつづける。

「どうしてこの子にだけ荷物を持たせているのかな」

　子どもたちは四人。店の前で見た三人に、もうひとりが加わっている。全員が女の子だ。

　いかにもリーダー格といった長身のあの子が顔をしかめる。駄菓子屋の前でのやり取りを思い出した様子だった。またかすがいのおばちゃんかよ、と吐き捨てる。小声ではあったものの明らかに聞かせるようなつぶやきだった。

「あのさぁ。勘違いしないでほしいんだけど、べつにイジメじゃないから」

「じゃあ、なんなの？」

ゲームだよ、と発言したのは亜香音だった。思いのほか力強い、そしてなぜか敵意の籠もった声音だった。

「ゲームであたしが負けたんよ。だから、その、罰ゲームやねん」

「そうそう。罰ゲーム」

長身の子が薄ら笑いを浮かべながら乗っかった。

ゲームだ、と言われてしまうと反論が難しい。カバンを持たされている子に言われてしまえばなおさらだ。それでもなんとか二の句を継ぐ。

「たとえ、罰ゲームだとしても、だよ。ひとりの子に——」

「あーもーしらけたし！」

わたしの言葉を断ち切るように長身の子が大声で告げた。亜香音に持たせていたカバンを奪い取るように摑むと、そのままずんずんと歩きはじめる。ほかのふたりも慌てて自分のカバンを持って、彼女のあとを追った。

わたしと亜香音だけが残される。

とにかく彼女はイジメを表沙汰にしたくなく、現状のまま波風を立てたくないと考えているのだろう。複雑な事情が絡んでいるのか、面倒なことになるならこのくらいのイジメは甘受したほうがましだと考えているのか。

亜香音にかける言葉は見当たらない。それでもなにか声をかけねばと彼女を見やり、瞬間わたしは凍りついた。

あきらめを含んだ寂寥の入り混じった眼差しで、中空を見つめていた。小学生にこんな表情ができるのかと心が固まる。

言葉を失ったわたしを置き去りにして亜香音は駆けていった。彼女の姿を目で追うこともできなかった。

寒風が吹き抜け、冷えきった体を自覚するとともにため息をつく。右手に持ったエコバッグが重量を増して指に食い込む。

これではとんだピエロだ。しかし、どう行動するべきだったのか、なにが正解だったのか、振り返ってみてもわからなかった。間抜けに佇むわたしと同様に、疑問だけが取り残される。

どうしてあの子は、あんな目ができるのだろう……。

じっとひとところにいると余計に寒さが身にこたえた。手袋をしていても指の先が冷たい。体を温めるためと、手持ち無沙汰を紛らすために体を揺らした。

ドラマや小説で素人が張り込みをおこなうシーンをたまに見かけるが、実際にやってみると想像以上に過酷なものだ。十分と経たずに帰りたくなってくる。

身の置き所がなくて不安感でいっぱいになるし、なんでもない住宅街の、待ち合わせをするような場所ではないので人目が気になって仕方がない。近ごろだとゲームをしているふうにスマホを触っていれば多少はごまかしが利くけれど、この寒さだと手袋を外す気にはなれなかった。ときおりスマホを眺めてため息をついたりして、誰かを待っているふうを装うのが精一杯だ。なにも映っていない真っ黒の画面なのだけれど。

塀と電柱にもたれるようにして待つこと二十分――体感では一時間は待った気がした――ようやく目当ての人物が現れた。亜香音である。あと五分待って来なければ帰るところだった。

「亜香音ちゃん、こんにちは」

できるだけ人なつっこい笑みを浮かべたつもりだけれど、先日のことがあるので緊張は隠せなかった。彼女はずっと地面を見つめて歩いていたので、初めてわたしの存在に気づいて驚いた顔を見せた。

亜香音の住むアパートのそばだった。

二階建ての建物は洋風の白壁で見た目こそ小ぎれいだけれども、外観だけ取り繕った張りぼて感の強い物件だった。部屋の狭さもドアの間隔から見て取れる。

彼女の家は駄菓子屋の小学生ネットワークを駆使して突き止めた。

個人情報的に許されるのだろうかという引け目はあったし、派手に動くと亜香音本人はもとより、いじめっ子グループの耳に入って面倒なことになりはしないかという危惧もあった。けれど寂寥が滲む瞳を見てしまっては、じっとしていることはできなかった。

祖母に事情を説明して店番を代わってもらい、ここでずっと彼女の帰りを待っていたわけである。

戸惑うというより警戒心が露わな亜香音に、なるべく優しい声で語りかける。

「いまさらだけど、きちんと自己紹介させてね。駄菓子屋かすがいの春日井楓子です。店に来るあなたの同級生に自宅を教えてもらった。勝手なことをしたのは申し訳なかったと思うけど、どうしてもほっとけなくて」

「だから――」面倒臭そうに亜香音は地面に向かって言う。「イジメやないから」

「うん、わかってる。今日はイジメの話をしにきたわけじゃないから、安心して」

ん？　と彼女が見上げてくる。わたしはさらに笑みを深めた。

「じつはわたしの店、密かに、っていうほど秘密にしているわけじゃないけど、食堂もやってるの。週に二回だけ開店する一風変わった、その名もかすがい食堂！」

人差し指を立てて茶目っ気たっぷりに告げる。亜香音は変わらず胡散臭げだったけれど、双眸に拒絶の光はなかった。きちんと聞いてくれていることに安堵する。

「店員はわたしと祖母のふたりで、お客さんは子ども限定。みんなで買い物して、料理もする。そしてみんなで食卓を囲む。そんな変わり種の食堂。お代は一食三百円」

三本の指を立てたとき、亜香音の顔がわずかに曇ったのがわかった。

瞬時に、親との折り合いが悪いのかもしれないと察する。興味を持っても、三百円という額は子どもが出すにはハードルが高い。親に無断で来ることになっても、いまはとにかく繋がりをつくるのが先決だ。

「――なんだけど、とりあえず最初は無料でオッケー」手の形を三本指からオッケーサインに変える。「お試しということでね。どうかな、いちど覗いてみない？」

彼女は再び地面に視線を這わす。

「なんで、あたしに」

「さっきも言ってたでしょ、ほっとけなかったって。イジメうんぬんはとりあえず脇に置いて、かすがい食堂に来てみない？　高校一年生のお姉さんと、小学四年生の男の子がいるけど、どっちもすごくいい子だから」

まずは彼女との信頼関係を築く必要がある。そうしなければ本心を話してくれるはずもない。

言葉の問題や慣れない土地での生活など、友達をうまくつくれないことや、学校と合わずに悩んでいるのであれば、かすがい食堂が助けになる可能性がある。気心が知れれば、夏蓮はよき相談相手になるだろう。

だからとにかく亜香音をかすがい食堂に呼ぶことが先決だと考えた。まずはそこからだ。

地面の一点を見つめ、「うん、まあ、ええけど」と亜香音は照れ混じりに言った。

「えっ、ほんとに？　来てくれるんだ」

「って、なんで姉さんがびっくりしてんの。自分から誘っといて」

「違う違う。嬉しくて」

わたわたと手を振りながらごまかし笑いをする。

実際驚いたのは事実だった。これほどあっさりと承知してくれるとは露ほども考えていなかった。つい前のめりになる。

「えっと、好き嫌いはある？　あとアレルギーとか」

「とたんにぐいぐい来るね、姉さん」

うっとうしそうに顔をしかめて亜香音は身を引く。その仕草や言い方がまるで落語家のような風情で可笑しかった。

彼女の態度は読めないところが多く、本心はもちろん、性分も摑みきれていないけれど、意外と愉快な子なのかもしれないと気づきはじめた。


亜香音をかすがい食堂に迎える日がやってきた。

熟考の末、鍋にすることにした。名づけて《みんな仲よくほかほか鍋》だ。

たんなる寄せ鍋ではあるのだけど、イジメに対する思いを込めた。鍋を囲む風景だけでなく、多様な具材が等しく煮込まれる鍋は「調和」をあらわしているように思える。

とまあ小難しいことはさておき、冬だしみんなで鍋を囲めば楽しいよね、というのが本音だ。あと野菜のストックがけっこうあるし。

告げていた時間ちょうどに亜香音はやってきた。

「いらっしゃい。今日はよろしくね」

元気よく迎えると、彼女はひょいっと頭を下げた。やはり緊張が見て取れる。無理にほぐそうとせず、しばらくは自然体で接することにした。

すでに来ていた夏蓮と翔琉を簡単に紹介し、さっそく買い物に向かう。

「古今東西、寄せ鍋に入れたいもの！　まずは夏蓮から」

「タラ！」

「いきなり渋い。次、翔琉」

「えっと、豆腐」

「いいね。じゃあ、亜香音ちゃん」

「……ニンジン？」

「なんでみんなそんな渋いチョイスなの？」

思わず笑ってしまう。二巡目で早くも亜香音は「なんでもいい」と脱落しつつも、古今東西で鍋の具を考えながら青果店に向かった。鍋は食材選びからみんなでわいわいできるのも楽しいところだ。

実際に店頭で見ながら、最終的には鶏肉、白菜、長ネギ、椎茸、豆腐、春菊の定番に加え、えのき茸、ニンジン、エビ、そして魚のタラを加えたレパートリーとなった。なかなか贅沢な寄せ鍋である。

準備はほとんど食材を切るだけなので、とても楽だ。祖母は「今日はすることがないね」とぼやいていた。たまには楽をしてもらおう。

亜香音はまるで料理の経験がないようで、エビの殻むきや、切った食材を皿に盛るなど、包丁を使わない簡単な手伝いだけをしてもらった。

夏蓮は積極的に亜香音に話しかけてくれたけれど、返事は最小限で、打ち解ける様子はなかった。いまは無理をせず、彼女のほうから歩み寄ってくれることを待つしかない。

食卓に置いたコンロで鍋を煮込み、完成だ。

「いただきます！」

みんなの声が座敷にこだました。まずはそれぞれが自分の小鉢に具をよそう。

「あれ、タラは？　タラが見当たらない」

「鶏肉おいしそー。エビもぷりっぷり！」

「ほれ、楓子はもっと野菜も食べな」

「豆腐に椎茸って、翔琉くんは開幕から地味だねー。タラは？　おいしいよ。まだ食べてないけど」

「うん。食べる」

「おばあちゃんは野菜ばっかだね。肉は、肉？」

「最初は野菜から食うんだよ」

「あ、あれね。血糖値。——あっっっっ！」

「ほんっとバカだねあんたは」

「楓子さん、タラはどうですか」

「きみはタラ教の教祖さまか」

最初の食材選びに個性が出ておもしろいし、やはりこれくらい賑やかなほうが鍋は楽しい。

そんななか、遠慮しているのか亜香音だけはじっとしていることに気がついた。わたしと同時に気づいた夏蓮が、「亜香音ちゃん、なにが食べたい？」と聞いて取り分けてあげた。

和気あいあいとした家庭的な雰囲気はかすがい食堂のいいところだけれど、新参者には入りづらさを感じさせてしまうかもしれない。ふらっと入った店が常連客ばかりだと、据わりの悪さを感じてしまうのと同じだ。

もちろん普通の食堂と同じならやる意味はないわけで、長所は残しつつ、初めての子もなるべく疎外感を抱かないように努めるしかない。

夏蓮の社交性に感謝しつつ、わたしも鍋を堪能する。

白菜や長ネギなどの野菜、タラやエビなどの海の幸、さらに鶏肉、豆腐、きのこ類、すべてに舌鼓を打つ。まるで違う食材なのにすべてが出汁の旨みを吸い込んで「寄せ鍋」という統一世界を構築している。どんな食材をも分け隔てなく、遠慮会釈なく、なにもかも吸い込んでしまう寄せ鍋は、まさにブラックホールだ。

そして鍋は心も体も温まる、冬の正義でもある。

ほくほくと鍋を満喫していたとき、ふと気づいた。亜香音がときおり窺うように周囲を見ている。小さく声をかける。

「どうしたの？　トイレ？」

ううん、と首を左右に振る。

「これって、ごはんは出ぇへんのん？」

あっ、と声が漏れた。彼女の家では鍋のときもごはんを食べるのが普通なのだろう。

つい自分の習慣が当たり前だと思いがちだけれど、食べ方は地域によっても、家庭によっても千差万別である。目玉焼きになにをかけるか論争も定番のネタだ。ちなみにわたしは塩コショウ派である。

みんなにも声をかける。

「ごめん。いまさらだけど、ごはん欲しい人いる？　いちおう最後に雑炊はするつもりだけど」

わたしは雑炊で食べたい、と夏蓮が言い、結局亜香音だけがごはんを食すことになった。

彼女はその事実に少し戸惑っていたけれど、すぐに鍋の具をおかずにごはんをぱくぱくと頬張っていた。最後につくった雑炊は物珍しそうに見ていて、すでに満腹だった様子なのに少しだけ口をつけていた。

亜香音は二学年下の翔琉と変わらないくらい華奢(きゃしゃ)な体格で痩せているにもかかわらず、最終的にはいちばんたくさん食べたのではないかと思える。

みなで後片づけをしたあと、わたしは亜香音を家まで送ることにした。

夜の住宅街をふたりで歩く。

大通りから離れていることもあり、まだ深い夜ではないのに通りは深閑としていた。

すれ違った家の窓から、高校生くらいの男子たちの賑やかな笑い声が響く。吐く息の白いもやを見つめながら、そっと声をかけた。

「どう、だったかな。料理はおいしかった？」

うん、と亜香音は素直にうなずいた。子どもらしからぬ仕草でおなかをぽんぽんと叩く。

「おなかがはちきれそうや。こんな食べたん、いつ以来やろ」

わたしとふたりのときは、わりと気楽な調子で話してくれる気がする。あと一、二回来てくれれば夏蓮とも打ち解けてくれるかもしれない。

「よかった。じゃあ、次もまた来てくれるよね」

返事はなかった。亜香音は二メートル先の地面を見つめるばかりだ。かすがい食堂が開かれる曜日はもちろん伝えていた。

植え込みから顔を覗かせた野良猫がわたしたちをじっと見つめ、素早く奥へと逃げていく。

「親には、今日のことちゃんと言った？」

今度もまた返事はなかった。

「そっか。やっぱり内緒で来たんだね」

亜香音が前を見つめたまま、小さくうなずくのが見えた。

息を吐き出し、空を見上げる。雲があるのか、まるで星は見えなかった。以前も感じたように、やはり彼女は親とはうまくいっていないのではと考える。

あのさ――、と静かに語りかけた。

「わたしはできるだけ亜香音ちゃんの力になりたいと考えてる。そのためにはあなたのことを知らなきゃならないし、亜香音ちゃんにわたしを信用してもらう必要がある。でも、この先の質問はとてもプライベートなことだし、答えたくなかったら答えなくていいよ。亜香音ちゃんは、親とはあまりうまくいってないのかな」

彼女の住むアパートの様子から、井上家がひとり親である可能性を睨(にら)んでいたけれど、まだそこまで踏み込んでいいかは判断がつかない。

「べつに、そんなことはないよ」亜香音の口調に取り繕う気配はなく、自然なものだった。「ほかの家を見たことないから、わからへんけど」

「まあ、たしかにね」

わたしは肩を竦めて小さく笑った。親との関係が「普通」かどうかなんて、意外とわかりにくいものだ。

「あ、うちは、母さんとふたりやから」

「そう、なんだね」彼女のほうから口にしてくれたのは正直ありがたかった。「たしか最近こっちに引っ越してきたんだよね。ご両親の、離婚で？」

「引っ越しはそのとおりやけど、離婚とは関係ないよ。うちはずっと、母さんとふたりきりやから」

そっか、と答えながら、あらためて亜香音を見やる。

ダウンジャケットにスカートの服装はどこから見てもいたって普通の小学生で、靴もくたびれていない。身なりだけでなく髪も清潔だ。親子関係も大きな問題はなさそうである。結局、イジメの原因は見えないままだった。

「できればさ、かすがい食堂の件はお母さんにもきちんと伝えてほしい。そのうえで今後も来てほしいと思ってる。もし言いにくいようなら、わたしからお母さんに話をさせてもらうけど――」

「それはええて」かぶせ気味に亜香音は拒絶してきた。「あたしから、言うから」

「うん、わかった」

亜香音との距離は確実に縮まっているように思える。話題によっては軽快に受け答えもしてくれる。けれど会話をしながら、見えない壁の存在も感じていた。

重要ななにかを、彼女は隠しているような気がしてならなかった。

ふたりのあいだに沈黙が横たわる。あと五十メートルほどでアパートに着く。今日はイジメの件を口にするつもりはなかったけれど、無駄に引き延ばしても意味はないようにも思えた。

「亜香音ちゃん、お願いがある。イジメのこと、きちんと教えてくれないかな」さらに一段強い口調で付け加える。「もちろん勝手に動いたりはしないし、あなたの了承を得ないで親や学校に伝えたりもしない。まずは、事実を知りたいの」

親や、担任の先生や、友達など、近くにいる人間だからこそ言えないこともある。わたしの子ども時代を振り返ってみてもそうだった。身近な存在ゆえに、いろんなことを気にしてしまう。子どもはしがらみに敏感だし、思いのほか考えるものだ。

かすがい食堂に参加してくれたことがなにより、亜香音自身が助けを求めている証拠だと思えた。

しかし彼女は「だから！」と叫んだ。地面に叩きつけるような声だった。

「あれはイジメやないって」

鬱憤をたっぷりと含んだ、心の底から嫌そうな声だった。わたしを置いて駆けていく。

「ちょ、亜香音ちゃん！」

かけた声は虚しく夜のしじまに溶けていった。

玄関ドアを開閉する音が響き、窓に明かりが灯る。

性急すぎたかな……、額に片手を当て、ブロック塀に背中を預けた。落胆の吐息をつく。

でも、やっぱり、イジメを頑なに否定する彼女の態度には違和感がつきまとっていた。信頼関係の問題ではないなにかが、まだ自分には見えていないなにかが、存在しているような気がしてならない。

それでも亜香音がかすがい食堂に満足してくれた手応えは感じていた。彼女はこういう場所を求めているはずだとも思えた。

けれど、次のかすがい食堂に亜香音は姿を見せなかった。

その次の回も。


チャイムを押してスピーカーから流れてきたのは陰気そうな女性の声だった。若干混じる警戒心はセールスに対するものだろう。

わたしはできるだけ誠実そうな声を出した。

「初めまして。井上亜香音さんのお母さまでいらっしゃいますか」

「ええ。そう、ですけど……」

先ほどとは違う種類の警戒が滲む。

「わたくし『駄菓子屋かすがい』という店をやっております、春日井楓子と申します。じつは亜香音さんの件で、どうしてもお母さまとお話ししたいことがありまして。もしよろしければ話を聞いていただけるとありがたいのですが」

「はあ……」

気のない返事をして、それでも警戒はいくぶん薄らいだようだった。物音のあと、ドアがゆっくりと開けられる。

母親が顔を覗かせた。長い髪を無造作に一本結びにしている。娘の亜香音とは似て非なる、生活の疲れを感じさせる髪型だった。髪に艶がなく、傷んだ毛髪があちらこちらで跳ねているせいもあるだろう。細面で、少し垂れ気味の目はたしかに亜香音とよく似ていた。血の繋(つな)がった母親であるのは間違いなさそうだ。

頭ひとつぶん背の低い彼女はわたしを見上げるようにして、少しばかり意外そうな顔をした。駄菓子屋と聞いて想像していたより若い女だったからだろう。よくある反応だ。

軽く会釈をする。

「駄菓子屋かすがいの春日井楓子です。初めまして。わりと込み入った話ですし、もし差し支えなければ、なかで……」

室内に視線を向ける。

いきなり押しかけて、けんもほろろにあしらわれることも想定していたけれど、母親は「はあ……どうぞ」と力なく言ってドアを大きく開けてくれた。ありがたい半面、母親の覇気のなさは気になる。

最初にいちど来たきり、亜香音はかすがい食堂に顔を見せなくなった。

これ以上首を突っ込むべきではないのかもしれない。本人が望んでいないのだから。

でも、亜香音の言動につきまとう違和感が気になって仕方がなかった。もう充分に足は踏み入れている。いまさらもう一歩踏み込むことを躊躇(ちゅうちょ)する意味もない。

だから、母親に会うことを決めた。母親と話をすれば、これまで見えなかったなにかが霞(かすみ)の向こうから姿を現すかもしれない。

亜香音を送っていったあの日、彼女が帰宅してから窓に明かりが灯った。自宅に誰もいなかったことから、母親は夜の仕事をしている可能性が高い。昼すぎぐらいに起きていることも考慮して、午後、学校が放課後を迎える前くらいの時間を狙った。亜香音が帰ってくる前に、ふたりで話をするためだ。

　ひとまずここまでは順調だった。

　おじゃまします、と断り、靴を脱ぐ。

　狭い靴脱ぎの向こう、入ってすぐが六畳ほどの台所で、奥には閉じられたスライドドアがある。ドアの向こうにもう一部屋があって、それですべてだろう。

　コートを脱ぎ、台所にあるテーブルに着く。とはいえ、本音では脱ぎたくないほど部屋は冷えきっていた。

　台所は清潔に保たれていた。座る前にちらりと見たシンクに洗い物は溢れていなかったし、ポットが載せられたコンロもきれいだった。他人の家を観察するのは嫌らしいとは思ったものの、生活環境を推測するのにキッチン周りは打ってつけだ。冷蔵庫のなかを見られればより完璧だけれど、さすがにうまい理由は見つけられなかった。初手から怪しまれては元も子もない。

　ともあれ、シンク周りだけでなく台所全体がこざっぱりと片づいているので、荒れた家庭環境にあるとは思えなかった。

　ただ、なにかが引っかかった。かすかに感じる、違和……。

　ふいに、ふうわりと花の匂いが鼻腔をくすぐった。梅に似た甘酸っぱい匂い。

その正体はすぐにわかった。テーブルの端に梅昆布のお菓子が置かれている。母親が先ほどまで食べていたのかもしれない。

「それで、亜香音の話というのは」

向かいに座った母親が不安そうに尋ねてきた。言葉遣いは標準語だけれど、アクセントにはやはり関西の匂いがあった。

イジメの話をする前に、まずはかすがい食堂の件を母親にはきちんと伝えておかなければならない。

「はい。じつはうちの店では夜、子ども食堂のようなものをやっていまして」

「亜香音がいちどお世話になったんですよね」

え？　と戸惑う。なんだ知っていたのかと拍子抜けした。

「そうなんです。亜香音さんからお話は聞かれていたんですね。どこまで？」

「駄菓子屋がやってる子ども食堂で、いちど食事をしたと。お金はかからんかったとも。悪い人ではない思うけど、いろいろと干渉してきてめんどくさいからたぶんもう行かないと。そんなことを言ってました」

なんだろう。奇妙な感覚に包まれる。中身の見えない箱のなかに手を入れて、手触りだけでなにかを当てるゲームのときのような、もどかしさと、気持ち悪さ。

知っていたから、気づいていたから、すんなりとわたしを上げてくれたのだろう。ならばなぜ、玄関でそのことを口にしなかったのだろう。感謝されるためにやっているわけではないけれど、「その節は娘がお世話になりました」くらい述べるのが普通の親ではないだろうか。あるいは逆に、勝手に食事をさせてくれるなと文句を言うか。

どちらでもなく、いまさら「知ってましたけど」と口にする態度にそこはかとない異質さを感じた。加えて、亜香音の否定的な言葉を平然と本人に告げる、配慮のなさ。

「そう、だったんですね……」

けれどこの件は深く考えないでおく。大事なのは亜香音の反応だ。

やはり彼女はわたしの干渉を嫌がっていた。予想はしていたことだけれど、事実として突きつけられると悔しさがこみ上げる。

あらためて母親を真正面に見据えた。

「本日お伝えしたいのは、食堂のほかにもう一件ありまして。こちらが本題といいますか――」

夏蓮が店の前で目撃した光景と、わたし自身が目撃した光景、ふたつの事実を語った。

「どうやら亜香音さんはイジメを受けているようなんです」

話しながら再び違和感に襲われる。母親の反応が驚くほど薄い。

驚くなり憤慨するなり悲しむなり、あるいは話自体を胡散臭く思うのでもいい、実の娘がイジメに遭っていると聞かされたらなにかしらの反応はありそうなものだ。

だから最後に問いかけた。

「お母さまはイジメの事実をご存じだったんですね」

「いいえ――」ぼんやりとした表情のまま、ゆるゆると首を振る。「初めて聞きました」

眉をひそめそうになったものの、こういう人なのだと考えることにした。母親は感情の起伏が乏しく、なにごとも泰然と受け止める性格なのだ。少しずれているところがあったとしても、それだけでおかしな人だと決めつけるわけにはいかない。大事なのは今後の対応だ。

「やはりこのまま放置するのはよくないと思います。もちろんいまの時点で学校に問い合わせたり、事を荒立てるのは性急にすぎると思いますが、まずは事実をきちんと把握する必要があると思うんです。いかがでしょう」

「はあ……」でもやっぱり母親の反応は鈍かった。「亜香音は、そういうタイプやないと思うんですがねぇ」

「あの、失礼ですが娘さんがかわいそうだとは思わないのですか」

母親の煮えきらない態度がもどかしく、理解したつもりだったのに、つい責めるような口調になってしまった。

しまった、と思ったときには遅く、母親の目に初めて強い感情が灯る。

「うちの亜香音は、べつにかわいそうじゃありません」

予期せず彼女が見せた強い反論に思わずたじろいだ。反射的に「申し訳ありません」と謝罪する。

「イジメの件、心に留めていただけるとありがたいです。機会を見つけて、いちど娘さんと話し合っていただけたら、と」

尻すぼみな感じで告げて、そそくさと井上家を辞去する。気まずくなってしまったのはたしかだけれど、これ以上話し合っても得るものはない気もした。

アパートから見えない場所まで行って立ち止まり、大きなため息をつく。いまの状況をあらわすように目の前が白くかすんだ。

想定していた最悪の展開ではなかったとはいえ、釈然としない気持ちだけが残った訪問だった。ぼんやりと歩みを再開しながら、母親との会話を振り返る。

部屋に招き入れられたときから、ずっと妙な違和感があった。それは母親の対応や言動が、こちらの予想と常にずれていたから。

でも、本当にそれだけなのだろうか。

なにかが引っかかる。大きな見落としをしているような気がしてならない。

悶々（もんもん）としながら歩いていると、食欲をそそるデミグラスソースの匂いが漂ってきた。かたわらのこぢんまりとしたおしゃれな一軒家を見やり、今夜はビーフシチューかハンバーグか、はたまたハヤシライスかと想像する。小腹の空（す）いたおなかを押さえ、

「ビーフシチュー食べたくなってきた」

と独りごち、ふふっ、と笑った。おいしい匂いは、人を幸福にさせる。

はっ、と立ち止まる。ようやく違和感の正体に気づいた。

い、い、い、い、い、い、い。

あの家の台所は、まるで匂いがなかった。

だからこそふいに漂ったかすかな梅の匂いに気づけたし、気になった。台所という場所はとくに、否（いや）が応でも独特の匂いが染みつくものだ。食べ物の匂い、油の匂い、調味料の匂い。

自宅は鼻が慣れてしまっているので強く感じることはないけれど、他人の家や店の厨房（ちゅうぼう）などでは顕著に匂うものである。

それにキッチン周りもあまりにすっきりとしすぎていた。少なくとも頻繁に使う器具や調味料は、すぐ手の届くところに置いておくものだ。使うたびにいちいち出し入れしていては煩雑すぎる。コンロにも汚れが見受けられなかった。

もちろん物を置くのが嫌で、なんでも片づけてしまう人もいるだろう。しかしまるで匂いがしなかった件を考え合わせると、あの家で日常的に料理がされているとは思えない。

もっとも、そのこと自体は大きな問題ではない。料理をしない家もあるだろう。とくにひとり親で、夜の仕事をしているのであれば。外食やデリバリー、お弁当で済ますことを非難することはできない。

ただ、この事実はさらに根深い問題の可能性をわたしに気づかせてくれた。亜香音の言動を振り返れば、可能性は確信に変わっていく。彼女の性格から感じていた違和も、きれいに解消される。

イジメではない、という亜香音の言葉は嘘(うそ)でも強がりでもなく、事実だったのだ。

「あぁ……」

ブロック塀に背中を預け、声が漏れる。わたしは大きな勘違いをしていた。

温かな家庭を連想させるデミグラスソースの匂いが再び鼻腔を刺激し、わたしは苦笑混じりのため息をついた。

道の端に佇むわたしを見つけた亜香音は一瞬驚いた顔を見せ、次に顔をしかめてみせた。かれこれ二週間ぶりの対面だった。彼女の母親と話をしたあと、祖母の朝日に遅くなると連絡し、亜香音の帰りを待っていた。

気にせず、「久しぶり」と笑顔を向ける。

「少し、話をしよっか」

「あたしはべつに話したいことはないんやけど」

「イジメはなかった」

再び歩き出そうとしていた亜香音は、その言葉でぴたりと止まった。わたしを見上げ、つづきを促すように目を細めた。

「あなたの言葉を信じてあげられなくてごめん。でも、あなたはあなたで真実を悟られることを避けていた。だから、おあいこだよね」

「わかったん？」

たぶん、とわたしはうなずいた。

「亜香音ちゃんは、晩ごはんを食べさせてもらってなかったんだよね。だからあなたは自分でなんとかしようとしていた。違う？」

　小学生らしからぬ、哀愁を感じさせる大きなため息をつく。

「しょあないな。付き合ぉたる。変に誤解されてもかなわんし」

「正解？」

「言わんでもわかるやろ。正解や」

　そう言ってすたすたと歩きはじめた。

　予想は当たっていた。きっと亜香音は鍋を囲んだ経験がなかったのだろう。だからゲームで鍋の具材を問われて困惑し、白飯が出てこないことに戸惑った。

　彼女の隣に並びながら問いかける。

「地面に落ちたお菓子を食べていたのは、それだったら貰えたから？」

「うん。背ぇ高い子おったやん、ちょっとパーマかかった感じの。あの子んち裕福でさ、帰りによくいろんなもん買い食いしてるって話聞いて。なんでも聞くから、少し奢ってくれへんかって持ちかけてん」

「それで、わざと落としたお菓子を食べさせたんだ……」

「ベタベタしたお菓子やったらあれやけど、フライっていうん？　ああいう固いスナック菓子やったらギリセーフかなって。砂払ったら食えるし」

　食べるほうも食べるほうだけれども、同級生に落とした菓子を食べさせるあの子もそうとうに性根が歪(ゆが)んでいる。彼女たちの認識はともかく、本質的にはイジメと変わらない。

　ともあれ、あのときの亜香音の表情の意味がわかった。彼女なりに納得したうえでお菓子を味わっていたのだ。

「友達のカバンを運んでいたのも、お菓子が報酬だったんだね」

　べつに友達やないよ、と小さく亜香音は笑った。

「あんときは交渉して二百四十円と引き換えやった。三人のカバンをそれぞれの家まで運んで、ひとり八十円。さすがにお菓子一個であんなしんどいことすんのは割に合わへんもん。姉さんのせいで結局稼ぎ損ねたけどな」

　そうだった。あのときはわたしの横槍(よこやり)によって、それぞれが自分のカバンを持って去っていった。当然、契約不履行で報酬は貰えなかったわけだ。申し訳ないと思うべきか、そもそも間違っていると嘆くべきか、よくわからなかった。

　あてもなく歩き、大通りに差しかかる。

「根本的なことを聞いてもいいかな。どうしてお母さんは晩ごはんをつくってくれないの」

「簡単やよ。うち、貧乏やもん」

亜香音はからりと告げた。

生活困窮世帯――。おそらくはそうだろうと考えていたけれど、実際に語られると現実感に乏しい。いまの日本でも、お金がなくてごはんを食べられない家庭がある。知識として理解はしていても、それとわからず目の前にいたことの衝撃があった。

こちらの心中を読んだように「見えへんやろ」と亜香音は笑った。

「貧乏に見えへんようにしてるしな。それが母さんの、キョウジ、らしい。服とかはタダ同然で意外となんとでもなるし」

「うん、見えなかった。だからずっとイジメだと勘違いしていたわけだし」

見えない貧困――。そんなワードが思い浮かぶ。

前職で貧困問題を扱った地方局のドキュメンタリーに携わった経験がある。下調べとして資料を読みあさり、実際に取材にも同行した。現代日本においては路上生活者のような「見える貧困」のほか、一見して困窮していることに気づきにくい「見えない貧困」も思いのほか多い。

「食事はもしかして給食だけ？」

「朝は食べへんけど、夜はたまに、うどんとか食べれるときもある。でも、どっちにしてもろくなもんやないよ」

　わたしは思いきって尋ねた。

「踏み込んだ質問だけど、お母さんは、仕事は？」

「こないだから夜中、工場で働きはじめたけど、たぶん長つづきせえへんと思う。これまでもそうやったし。心の病気？　とかもあるし、体もあんま丈夫やないし。――あ、もしかして母さんに会ぉたん？」

「うん、さっきね。それでいろいろ気づいたというか」

「そっか。だったらわかる思うけど、母さんにはあんまり期待してへんねん。感謝はしてるし、仲が悪いわけやないけど」

　母親に期待はしていない――。小学生が口にするには、あまりに重いセリフだ。

「なあ――」今度は亜香音が尋ねてくる。「なんで小学生やとアルバイトができへんねんやろ。中学生になっても大して状況は変わらんよな」

「そうだね。義務教育のうちは、やっぱり勉強に専念するべきだってことじゃないかな」

「勉強できる環境のためにアルバイトしたいんやけどな」

　なんでもないふうに、ただ思ったことを口にしただけだとわかる口調で彼女は言い、それだけに返す言葉が見つからなかった。

　問わず語りに彼女はつづけた。

「だからいろいろやってみたんよ。駅前のおっきなスーパーの前にペットボトルを入れる機械あって、ポイントが貰えんねん。それでゴミ箱からペットボトル集めてんけど、すぐにやめた。効率が悪すぎてやってられへん」

　たとえリサイクル目的でもゴミ箱から拝借するのは明らかに違法なのだけれど、咎める気にはなれなかった。

「そんで友達を頼ってみたんやけど、やっぱりこれもコスパが悪いなって。もうすぐ中学生やし、もっとちゃんと稼ぐ方法を考えるつもり。やっぱり効率よく金を稼ぐには情報と仕組みづくりやと思うねん。ほら、汗水垂らしてアプリを開発するより、いちばん儲けてんのは場所をつくったアップルとグーグルやろ」

　たしかに彼女は母親に頼らない生き方を模索しているようだ。たくましいなと思う一方、小学生が商売のことを語る姿に据わりの悪さも感じてしまう。

　付き添うままに大通りに架かる歩道橋を上がる。少し歩けば信号機のある横断歩道があるので、ほとんど使われることのない歩道橋だ。

「なあ、姉さんはいくつまでサンタを信じてた？」

突然の質問に戸惑いつつ答える。

「いくつ、だろ。はっきり覚えてないけど、小学三、四年くらいかな」

「だいたいそんなもんよね。でもあたしはサンタの存在を信じたことないねん。だって初めてサンタを知ったんが、物語やから」

卑下や、ましてや貧乏自慢でもなく、亜香音はまっすぐ前を見据え、自分の置かれた現状を端的に伝える事実として言っていた。そういう子どもはけっして少なくないのだと、あらためて思う。サンタを信じた時期があるのはとても恵まれたことだ。

亜香音は歩道橋の中央で欄干に両腕を載せ、道路を見下ろした。わたしも倣う。片側二車線、東京の大動脈ともいえる国道には今日も多くの車が行き交っていた。

「あたし、高校に行く気はないんよ」

「それは——！」

否定の思いが溢れ出す。その選択が正しいとは思えない。しかし凛とした彼女の表情を見てしまえば、あとの言葉はつづかなかった。

貧困の再生産、という言葉が脳裡に浮かぶ。貧困家庭に育った子どもは学力も学歴も低くなり、世代を超えて貧困の連鎖から抜け出せなくなる傾向がある。

けれど中身の伴わないきれいごとを告げても、彼女の心には届かないこともわかっていた。高校に行くには相応のお金がかかる。義務教育ではない以上、行政などによる支援や補助もかぎられてくる。

「周りの大人に反対されるんはわかってる。でも、あたしは一刻も早く稼ぎたい。稼いで、食べたいもんを食べれる生活がしたい。いまから六年も我慢できへんよ。ま、うちの状況やと高校に行きたくても行けるとは思えへんけどね」

亜香音はまた小さく笑った。

彼女の言葉のどこまでが本心なのか、どこまでが虚勢なのか、正直よくわからない。でも最後の言葉には、わずかに寂しさが滲んでいる気がした。

それはきっと希望なのだ。こうしてわたしに話してくれていることも、彼女にとっての無意識のＳＯＳだと信じたい。その気持ちに応えたい。でもいまはまだ語る言葉を、彼女の心に届く言葉をわたしは持てていない。

自分にいまできる、小さな思いを伝える。

「かすがい食堂に来てほしい。もちろん料金はいらないし」

最初に彼女を誘ったときのことを思い出す。わたしをうっとうしがっていた彼女が誘いに乗ったのは、食べ物にありつけるという実利を取ったからだ。三百円のくだりで見せた反応も、いまなら正しく理解できる。

その後かすがい食堂に来なくなったのは、わたしを避けていたのもあるだろうけど、それ以上に三百円がネックになったはずだ。

亜香音は隣に立つわたしに顔を向けた。

「うん、助かる。でも、ひとつお願いがあるねん」

「なに?」

「タダなんはもちろん助かる。でも、無料の施しを受けるんは、なんか嫌やねん。中学んなったらそれくらいは稼ぐつもりや。というか、それくらい稼げんと話にならんと思てる。だからそれまでは貸しにしといて。絶対返すから」

彼女がどのような手段でお金を稼ぐつもりかはわからない。いずれにせよ中学生が金儲けに腐心するのは褒められたことではないし、多くの大人は眉をひそめることだろう。でも、わたしは頭ごなしに否定したくはなかった。彼女の生きる努力を、たくましい反骨心を。

実際に返す返さないは、あとから考えればいい。

「わかった。でもさ、じつはかすがい食堂もだいぶ軌道に乗ったというか、ちょっと余裕が出てきて」

野菜など、夏蓮の家からの支援を簡単に伝えた。

「だから少しでも利用しやすくなるよう、料金を下げようと思ってたの。ひとまず二百円くらいかな。これはべつに亜香音ちゃんのためではなく、みんな共通のことだから。それでいいかな」

「うん、わかった」

素直に亜香音はうなずいてくれた。

告げた言葉に嘘はなく、値下げはこの場の思いつきでもなかった。少し前から考えていたことであり、ちょうどいいタイミングだった。そもそも三百円は翔琉がいつも渡されていた額から決まったもので、とくに考えて決めたものでもない。

彼女は小さくないプライドを持っているし、ある面ではすごく頑固な子だ。一方で合理的かつ論理的な思考の持ち主でもある。少しずつ、彼女のことが理解できてきた気がした。

「寒いね——」わかりやすく身を震わせ、コートをかき合わせる。日は暮れはじめていた。「帰ろうか。風邪引いちゃう」

「うん」

今日いちばん子どもらしい仕草で亜香音はこくんとうなずいた。

かすがい食堂の日ではないけれど、店でいっしょにごはんを食べようかと誘いかけ、それは違うなと思い直す。いっときの感情で施しをしても意味がないし、彼女も求めてはいないはずだ。

では、なにが亜香音にとって、井上家にとってのベストなのか。

わたしになにができるのか、なにをするべきなのか。

冬の夕焼け空を見つめながら、帰り道、ずっと考えつづけた。

「なるほど。そんな真相だったとはね」

朝日は呆れた声でそう言って、難しい顔でごはんを口に運んだ。その日の夕食の席である。

「しかし健気な子だね。自らお金を稼ごうなんて、応援したくなっちゃうよ」

「かもしれないけど、六十年前ならともかく、いまの時代これを美談にしちゃいけないと思う」

「言うだけなら誰でもできる。きれいごとじゃどうにもならないってわかってるだろ。とくにお金の問題はね」

「わかってる。だから自分になにができるか考えたいの」

だからこそ、こうして祖母にすべてを語ったのだ。知恵を借りるために。

「生活保護は受けてないのかい」

たぶん、とわたしは答える。受けていれば夕食くらいは食べられるはずだ。

「母親もいちおう働ける状態ではあるみたいだし。最近は生活保護を受けるハードルはすごく高くて、役所はとにかく断念させようとしてくるみたいだから」

「難しい問題だね……」祖母は眉間にしわを寄せる。「なんでもかんでも受け入れちまったら、働けるのに働かず、のうのうと生きようとする連中ばかりになっちまう。まじめに働いてるとバカを見る社会は間違ってるだろ」

「かといって、本当に支援が必要な家庭に行き渡らないのも問題だよ。子どもが夕食を食べられないなんて、絶対におかしい」

「ひとつのケースを取り上げて非難するのもよくないさ。公務員はスーパーマンじゃないんだ。人員も予算も時間もかぎられている以上、基準を設けて、どこかで線引きしなきゃならない。個別に見ていけば、どうしたって納得できないケースは出てくるもんだ」

祖母の言っていることは正しい。役所は非難されがちだけど、現場にいる人たちはできるかぎりのことをしようとがんばっているはずだ。

「でもさ、井上家の場合は生活保護うんぬんじゃないいんだと思う」

「どういうことだい」

「亜香音ちゃんの母親は、援助されることを拒絶してると思うんだ」

確証はない。でも、間違いないだろうとわたしは踏んでいた。

支援が届いていない家庭の大半は、必要な情報が届いていなかったり、親が無知だったりするケースだ。

しかし井上家の場合は、それとは少し違う気がした。

室内の様子も、服装も、一見して困窮しているとは思えないものだった。母親はその点にひじょうに気を遣っている。貧乏に見えないようにするのが母親の矜持だと、亜香音も語っていた。服はタダ同然でなんとかなる、という亜香音の言葉も事実だろうが、お金を使う優先順位が、食事よりもまずは体裁にある気がしてならない。

推測の理由を説明すると、祖母は「信じられないね……」と首を左右に振った。

「体裁よりも、まずは食事だろうよ」

家庭によっていろんなケースがあるけど、と前置きしたうえで、以前に本から得た知識や、関係者から聞いた話を思い出しながら告げる。

「スティグマ、だよ」

「スティグマ？」

「うん。貧困という烙印を押されることへの拒絶。施されると自分たちが惨めだと認めるようで、支援を受けない人もいるんだ。子どものいる貧困家庭の大半は母子家庭だけど、自分ひとりで育ててみせるって意固地になる母親もいるし。母親の見栄やプライドが、子どもの不利益に繋がってしまう」

井上家の事情はわからないけれど、母親の性格は社交的とは思えないし、現状を打破しようとする強い意志も感じられなかった。惨めな思いをしたり、面倒なことをしたりするくらいなら、貧乏でも静かな暮らしのほうがましだと考えている気がする。

娘がかわいそうではないかと尋ねたとき、初めて母親は強い感情を見せた。娘はけっしてかわいそうな子ではない、というのが母親が最も信じたいことであり、触れてはいけない一線だったのだ。

祖母は、なるほどねぇ、と茶碗を持ったまま遠くを見やるように目を細めた。

「わからんでもないよね。簡単にいえば、自分の殻に閉じこもっちまう感じだ」

「うん。だから、慎重なアプローチが必要だと思う。母親が対話を拒絶するようなことだけは絶対に避けたいし」

「そのためにはまず、亜香音ちゃんを味方にする必要があるんじゃないか。母親の影響かどうかわからないけど、話を聞くかぎり、彼女もまた援助を嫌っているようじゃないか」

「そうなんだよね。わたしになにができるんだろうと考えたんだけど、まるで思いつかなくて。当面はかすがい食堂で、食事を提供することしかできないのかなって」

心中をそのままあらわしたように迷い箸になってしまい、行儀が悪いなと慌ててふかし大根をつまむ。

「楓子の悪い癖だ」祖母の厳しい声が飛ぶ。

「えっ。わたしいっつも迷い箸してる？」

「違うよ。そうやって自分だけでなんとかしようとする。まあ、あたしには相談してくれているけれど、あんたの力になってくれる人間はほかにもいるだろ。みんなに協力してもらうんだよ。大きな岩を動かしたいときは、大勢の人を巻き込んだほうがいいんだ」

ああ、そのとおりだ……。

力いっぱい殴られた気持ちになる。でもそれはとても心地よい痛みだった。

支援を拒絶する貧困家庭の話をしておきながら、自分自身が周りに助けてもらうことを考えていなかった。

祖母の言うとおりだ。自分ひとりでなんとかしようと考えず、いろんな人の力を借りればいいのだ。

「おばあちゃん、ありがとう！」

「ちょ、いきなり大声出すんじゃないよ。つばきが飛んできたじゃないか」

顔をしかめながら、それでも祖母は笑っていた。


からからからと店の引き戸が開けられる。

姿を見せた亜香音がひょこっと頭を下げた。かすがい食堂への参加を再開して、二度目の来店だった。

わたしは笑顔で出迎える。

「いらっしゃい！　さっそく質問。今日はなにが食べたい？」

亜香音は困った様子で眉尻を下げた。

「べつに、なんでもええけど」

「じゃあ、二択にしよう。焼き魚か、豚肉のしょうが焼き、どっち？」

「……いや、あたしはなんでもええて。夏蓮ちゃんや翔琉に聞いてよ」

「それがじつはさ、今日はふたりとも不参加なんよ。用事があるみたいで。本日のお客さんは亜香音ちゃんだけ」

「そうなん？」

「こんな機会はめったにないし、好きなの選んじゃいなよ」

　じゃあ、と彼女は腕を組む。

「豚肉のしょうが焼きで」

「オッケー！　やっぱ子どもは肉だよね、肉！」

　高らかに言うと、亜香音の手を取って外に出た。

　夏蓮と翔琉が欠席なのは事実だけれど、たまたまではなかった。ふたりにはわたしからお願いして、今日は亜香音だけのかすがい食堂にしてもらったのだ。

　今日は三人だけだし、亜香音はまだ料理に慣れていないこともあり、わたしと祖母でがんばらないといけない。翔琉とともに手探りでかすがい食堂をはじめたころを思い出す。

　あれから九ヵ月ほどになるのだろうか。短いようであり、長いようでもあった。

　亜香音にしょうが焼きのタレをつくってもらうあいだ、わたしはキャベツを千切りにする。規則正しくまな板を打ちつける音が気持ちいい。最初は太さも不揃いで、不恰好なかっこう千切りしかできなかったけれど、ずいぶんうまくなったなと自分でも思う。

ただ、料理において均一というのは必ずしもいいことではないのだと経験を積んで気づかされた。大きさにしろ、太さにしろ、味にしろ、ある程度のムラはあったほうがいい。食感の変化、味わいの変化は、料理をおいしく感じさせる隠し味となる。だからキャベツの千切りも、完璧に同じ太さよりもわずかなバラツキがあったほうがいい。

人間もいっしょだ。いろんな人がいるから、人生がより味わい深く、より楽しくなる。

かたわらでは祖母が淀よどみのない動作でみそ汁や、副菜であるジャガイモとピーマンの炒め物をつくっていた。

ずいぶん慣れたとはいえ、祖母の域に達するのはいつのことやらと思う。目分量でいつもばっちり味つけが決まるのは、まさに神業かみわざだ。真似まねできない。

すべての料理が完成し、

「いただきます!」

合掌する。

ごはんとともに豚肉のしょうが焼きを味わいながら、亜香音の様子を見やった。あまり噛まずに、がっつくように食べるのが彼女の癖だった。生きるための食事、という気迫を感じてしまう。

いつか、もう少し落ち着いて食べてくれるようになればいいなと思っていた。

学校での様子を聞いたりと、たわいのない会話をつづけ、食事も半ばをすぎたころになにげない調子で尋ねた。

「ねえ、亜香音ちゃんは、将来の夢ってあるのかな」

彼女の動きが一瞬止まり、けれどなにごともなかったようにごはんを口に運ぶ。

「べつに、ないけど」

「なりたい職業でもいいし、南極でオーロラを見たいでもいいし、もっと漠然とした、たとえばお金持ちになりたいでもいいし」

指を振りながら楽しげに話すわたしを、彼女は一瞥した。声に苛立ちが混じる。

「だから、ないって」

まあまあ、とわたしはさらに顔をほころばした。

「姉さんの話を聞いてくれる？　わたしはさ、ドラマをつくりたいという夢があったんだ。それなりに努力をして、おかげで末席とはいえドラマ制作に関わる仕事に就くこともできた。これが物語だったら、夢を実現してめでたしめでたしで終わるんだろうね。でも現実はそうじゃない。わたしは制作現場の厳しい現実に打ちのめされて、夢の舞台からドロップアウトしちゃった。文字どおり、本当に崖から転落しちゃったんだけどね」

山で足をすべらせた光景を思い出し、小さく笑う。

「だから〝なりたい自分〟はけっしてゴールじゃないと思うんだ。ただのスタート地点なんだよ。

結果的にわたしはドラマ制作という夢から降りちゃったけど、ドラマをつくりたいと夢を抱いたことも、過去の努力も、涙も、ぜんぜん悔やんでないんだ。わたしには次の夢ができて、次の舞台に立つことができた。それはきっと、かつて夢を目指した経験があったからだと思う」

笑みを絶やさず語った。

亜香音は食事をつづけていたけれど、その動きはとてもゆっくりで、わたしの話をちゃんと聞いてくれているのがわかった。

〝なりたい自分〟を想像するのはべつに子どもの特権じゃない。大人になっても大事なことで、老いてからも必要なことだ。たったひとつの〝夢〟だけで人生を送れる幸せな人は、めったにいないのだから。

でも〝なりたい自分〟を想像するのは意外と難しいことでもある。だから子どものときから訓練をしておかなくちゃならない。

祖母の朝日が継いでくれる。

「中卒で働くのが悪いこととは思わないよ。大学を出て一人前、なんて言う人間もいるが、ずいぶんちっぽけな世界に生きてんだなと思うよ。でもね、明確な目的があるわけでなく、ただなんとなく高校に行かなかったら、きっと後悔するよ」

「なんとなく、じゃない」亜香音が反論する。「考えて、考えて、決めた」

「わかってる。けど亜香音ちゃんが考えたのは、家の懐事情だろ。考えるべきはそこじゃないんだ」

家が貧乏だから高校をあきらめるというのは間違っている。

子どもにそんなことを思わせる社会は間違っている。

再びわたしは口を開いた。

「亜香音ちゃんには〝なりたい自分〟を想像してほしいの。さっきも言ったように、職業でも、夢でも、漠然とした目標でもいいんだ。〝なりたい自分〟を想像できれば、そのためになにを学ぶべきか、どんな道を進むべきかが見えてくるはずだから。多くの場合、高校や大学で学んだほうが有利だし、道は拓(ひら)きやすくなる。学歴主義とは関係なく、それは事実だと思う。

もし〝なりたい自分〟にとって高校は必要ない、むしろ遠回りだと断言できるならば、中卒でいいと思う。それもひとつの立派な選択肢だもん。でもさっきおばあちゃんが言ったように〝なりたい自分〟を想像せず、経済的な理由や、環境を理由に高校に行かなかったら、きっと後悔することになるとわたしも思う。そんな道を、亜香音ちゃんに歩ませたくない」

手を止め、じっと自分の茶碗を見つめながら、声を荒らげるでなく、淡々と、

「でも」

と亜香音は言った。少しの時間をおいて、もういちど「でも――」と言う。

「うちにお金がないのは事実。高校が難しいんは事実」

嬉しかった。

亜香音がこういうセリフを口にするということは、わたしたちの言葉をきちんと受け取ってくれたということだ。確実に一歩前進したのだ。

祖母と目が合い、ふたり同時に小さくうなずいた。ともにやわらかな表情になっていた。代表するように祖母が亜香音に話しかける。

「あたしはね、きれいごとを言うつもりはないよ。高校に行くにはお金が必要だ。け

っして少なくはないお金がね。それは紛れもない事実だよ。でもね、だからこそ、いろんな人の力を借りればいいと思うんだ。——楓子、あれを」

祖母の言葉を受け、わたしはかたわらに置いていたファイルを手に取った。数枚のA４紙を抜き出し、じつはさ、と頰をかく。

「わたしも最初はひとりでなんとかしようと思ってたんだ。でも、困ったときはみんなの力を借りればいいっておばあちゃんに気づかされた。これはね——」

まず一枚目の紙を亜香音に手渡した。

「近くにある子ども食堂のリスト。すごいでしょ。場所や料金、開催日、どんな人が利用できるか、どんな雰囲気なのかまで書いてある。これ全部、夏蓮が調べてまとめてくれたんだよ。

うちは変な子ども食堂だけど、ほかの、ちゃんとした子ども食堂は料金もタダだったり、すごく安かったりするところが多いし」

彼女に頼むと二つ返事で引き受けてくれた。家のパソコンを使って見やすいようにまとめ、印刷までしてくれた。もしわたしが手がけていたら、短期間にここまで詳しく調べられたとは思えない。

近隣の子ども食堂を調べてみてはどうか、というのも祖母のアイデアだった。

そうなのだ。子ども食堂をやっている人たちは、たくさんいる。ここでもまた、みんなの力を借りればいいのだと気づかされた。

夏蓮が子ども食堂の人に話を聞きにいき、貧困のため夕食を食べられない子どもがいると伝えると、ぜひうちにも来てほしいと強く言われることが多かったという。どの子ども食堂でも、本当に困っている子どもに情報を届ける方法、アプローチをする方法に腐心しているようだ。

「それからこれはね――」さらにもう一枚を手渡す。「スクールソーシャルワーカーの情報。学校カウンセラー、と言ったほうがわかりやすいのかな。翔琉に頼んで調べてもらったんだ。学校の先生に聞いてもらってね。もちろん亜香音ちゃんの名前は出してないから安心して。

卒業間際だからどうかと思ったけど、だからこそ気兼ねなく話ができるかもしれない。中学校にもカウンセラーはいるだろうしね。ずっと、というわけにはいかないけど、まずはお母さんに内緒で相談するのも手だと思う。きっと、いや、絶対力になってくれるはずだから」

これはまだ早いかもしれないけど、とさらに何枚かの紙を渡す。わたし自身が調べてつくったものだ。

「亜香音ちゃんに関係ありそうな、行政やＮＰＯの支援制度や事業。とりあえずざっと調べただけだから、詳細までは書いてないし、漏れているのもあると思う。とにかく、世の中には利用できる制度がいっぱいあるんだってことを知ってほしくて。世の中には、手を差し伸べてくれる人がいっぱいいるんだって知ってほしい。亜香音ちゃんも、お母さんも、ひとりじゃないってことを知ってほしい」

亜香音は渡された紙を一枚ずつ、じっくりと見ていた。

彼女のなかに、情報が、わたしたちの言葉が、思いが、染み込んでいくのをじっと待つ。

世の中は親ではない。だからわがままは通らないし、自分の思いどおりにはならないし、理不尽に思うことばかりだ。

でも、世の中は敵でもない。困ったときに手を差し伸べてくれる人は必ずいる。けれどやっぱり親ではないから、巣に籠もって鳴いていても餌を運んできてはくれやしない。自分から求め、行動しなければ、善意には辿り着けない。

子ども食堂だけではない。行政やＮＰＯ、地域や学校など、頼れる制度はさまざまにあり、頼れる人はあちこちにいる。わたし自身がそのことに気づいたように、亜香音にも気づいてほしかった。

人に頼っても、いいのだと。

紙に目を落としたまま、亜香音はぽつりと言った。

「子どもんとき、図書室で写真集を見たことがあるねん」

あなたはまだ子どもだよ、と思ったけれど、その言い回しも亜香音らしくて、わたしは思わず微笑んだ。

「なんとなく手に取っただけやってんけど、世界中の、いろんな街角を写した写真集やった。どの風景もほんまきれいで、かっこよくて、きらきらしてて。世界には、こんなにすてきな街があるんやなって。こんなにわくわくする景色があるんやなって。だから、いつかこの目で見てみたいなって思った。そやけど、ただ観光で行くのは違うと感じててん。仕事で、商売で、世界中を回りたいと思ってた」

次第に熱を帯びていた亜香音の声が、ふいに沈む。

「でも、いつのころからか、自分は夢を見てる場合やないんやって思うようになって」

なあ、と亜香音が顔を上げる。小学生らしい、邪気のない顔でわたしを見つめてくる。

「こんな大それた夢でも、叶(かな)えられるんかな」

「それはわからへん」

「下手な関西弁やな」と眉をひそめる。「それにそこは『できる』っていう流れちゃうん」

「だって、世の中はそんなに甘くないもん。世界を股にかける商売人なんて、そうそうなれるもんじゃないよ。努力だけじゃない、巡り合いや、運も必要になる。それが偽りのない現実」

「そのとおりやわ」

真顔でそう言って、次の瞬間には破顔していた。初めて見る、亜香音の本物の笑顔だった。

夢が実現するかどうかは、じつはどうでもいいことなんだ。挫折したっていい。途中で変わったっていい。

大事なのは〝なりたい自分〟を想像しつづけること。

さあさあ、と祖母が手を叩く。

「ごはんを食べちゃおう。冷めちゃうよ」

「ほんとだ」

わたしはまだ残っていた豚のしょうが焼きに箸を伸ばす。もうすっかり冷めてはいたけれど、それでもやっぱりおいしかった。

翔琉と夏蓮に、亜香音を含め、次からもまた賑やかな食事ができることが、わたしはなにより嬉しかった。

全員が食事を終え、手を合わせる。

「ごちそうさまでした！」

―――本書のプロフィール―――

本書は、小学館文庫のために書き下ろされた作品です。

小学館文庫

かすがい食堂（しょくどう）

著者　伽古屋圭市（かこやけいいち）

二〇二一年三月十日　初版第一刷発行

発行人　飯田昌宏
発行所　株式会社 小学館
〒一〇一-八〇〇一
東京都千代田区一ツ橋二-三-一
電話　編集〇三-三二三〇-五九五九
販売〇三-五二八一-三五五五
印刷所——図書印刷株式会社

ISBN978-4-09-406891-7